비바람이 치던 바다
잔잔해져 오면

김병심 산문집

비바람이 치던 바다
잔잔해져 오면

　겨울비가 파도를 껴안고 있습니다. 제주섬에서 남쪽으로 배를 타고 들어온 섬에 강풍주의보가 내려졌습니다. 어제 타고 온 배는 오늘 어디에도 뱃길을 만들지 않습니다. 겨울비와 파도만이 바람과 함께 섬의 테두리를 다듬고 있습니다. 섬을 만지는 것은 오직 비와 파도와 바람뿐입니다. 배가 끊긴 하루는 사람의 목소리와 발소리도 지웠습니다. 빗소리와 파도 소리만 바람에 실려 작은 지붕 밑 민박집을 두드립니다. 소라게처럼 고둥 속에 웅크려 소리만 듣습니다. 섬을 한 바퀴 도는 데 한 시간도 걸리지 않는 작은 섬과 낚시꾼마저 조용한 민박집의 작은 방.

　이곳 사람들은 배가 오지 않는 며칠을 어떻게 견딜까요? 무엇을 하고 있을까요? 작은 지붕마다 껴안은 사람들의 얼굴을 그려봅니다. 겨울비가 파도를 껴안은 섬에서 나는 어떤 그리움으로 외로워졌을까요? 그리움과 기다림을 가장 잘하는 섬토박이 여자는 섬의 습속을 닮아가고 있습니다. 여자가 섬 속의 섬에서 풍랑을 만나고, 고립이 되어도 잘 견디는 것은 비와 바람이 파도를 껴안고 섬을 만지듯이, 그리움과 기다림이 외로움을 만들어 여자를 위로한다는 사실을 아는 까닭입니다. 섬의 내력을 아는 까닭입니다.

　　당신은 잘 견디고 있나요?
　　어디쯤에서 외로워지고 있나요?
　　두려워 말아요.
　　여기, 섬이라는 별에서 당신과 닮은 마음 하나가 등댓불을 밝히고 있으니⋯⋯.
　　걱정 말아요.
　　저도 걱정하지 않아요.
　　비바람이 치던 바다는 곧 잔잔해질 것이고 당신은 건너오실 테니까요.
　　우리 곧 만나요⋯⋯.

* 이 책의 제목은 노래 〈연가〉의 첫 소절을 따왔습니다.

목차

1

봄밤이 견디기 힘들 땐
편지를 쓰겠습니다

내가
좋아하는
봄

뽀족뽀족한 싹들이 밭이며 길가에 돋아난 걸 보는 즐거움으로 걷는 걸 좋아합니다. 나뭇가지들도 붉어지고 뭔가를 부풀리려고 궁리하는 걸 들여다보는 걸 좋아합니다. 봄비에 촉촉하게 젖은 붉은 가지들은 더없이 사랑스럽고 손으로 가끔 장난처럼 나뭇가지에서 털어내는 빗방울의 촉감을 좋아합니다. 눈에 띄게 돋아나는 것들로 들판은 날마다 쏘다니게 만들고 걸음을 멈추게 하고 몸을 굽히게 합니다. 봄에는 꽃들이 잎보다 먼저 피어나는 나무를 살피는 걸 좋아합니다.

하얀 전등을 켜놓은 듯 목련이 안개 속에서 피려고 봉오리를 살짝 벌릴 땐 나무 아래서 떠날 줄 모릅니다. 솜털 달린 목련 봉오리들에서 하얀 잎이 살짝 내비칠 때면 봄의 시계가 고장 난 게 아니라는 안도감으로 다시 사계절의 순환을 기쁘게 받아들일 수 있습니다. 복수초가 핀 숲에는 눈이 묻어 있기는 하나 봄의 열기가 땅속에 있기에 크게 걱정이 되지는 않습니다. 봄에는 안부를 묻던 겨울의 우체통이 열리듯 살아있는 답장이 쏟아져 나옵니다. 얼음장이 녹고 새들은 바쁩니다. 봄에는 꽃들이 있어서 좋습니다. 벚꽃이 피면 벚꽃나무 사이를 천천히 걷는 걸 좋아합니다. 벚꽃이 피고 지는 열흘에서 보름 동안 컵에 꽂거나 머리에 꽂거나 날리는 꽃잎 아래에서 자동차가 하얗게 덮이거나 히이히잉 입이 찢어지게 웃을 수 있어서 좋습니다. 두껍고 우중충한 색의 파카와 목도리와 장갑과 모자로 몸을 감던 사람들이 제 모습에 가까운 밝고 가벼운 차림으로 밖에 나와 있는 게 좋습니다.

겨울 방학 동안 밥 타령, 옷 타령, 난로 타령, 타령조만 있던 아이들이 학교에 들어가서 좋습니다. 나만 남겨진 집에서 혼자 지내는 시간이 늘어나서 더욱 좋습니다. 조용히 분홍과 흰 꽃들이 피어나는 마당을 들여다보며 음악을 듣는 시간이 길어져서 좋습니다. 봄은 삼월에서 사월로 흐를수록 좋고 오월이 되면 24시간 30일이 다 좋습니다. 난방과 두꺼운 이불도 필요 없고 어디든 장미는 지지 않고 무엇이든 계속 자라고 싱싱해서 좋습니다. 예쁜 옷을 입을 수 있어서 더욱 좋고 나비처럼 살랑거리는 옷을 입고 분홍립스틱을 바르고는 꽃구경을 갈 수 있어서 좋습니다.

기다릴게,
천천히
와

유자가 30촉 전구처럼 달린 남쪽 바닷가 포구에 앉아 봄볕을 쬡니다. 제주수선화가 붉은 홑겹의 애기동백을 쳐다보던 겨울이 지났으니까요. 홍의를 입은 벗이 녹의를 입은 채 은거하는 지음을 찾아 한라산의 둘레길을 돌며 보았던 매화방창한 설원도 지났습니다. 눈새기꽃이 노루발자국마다 피어나 아가의 노란 똥처럼 오름을 문질렀습니다. 새별오름의 불구경을 끝낸 대보름달이 별가루로 부서져 제주 바다에 내려오면 제주는 다시 봄이라는 사계절을 받아들입니다. 직선을 거부한 사선의 눈발이 귀싸대기 때리는 겨울을 가진 제주입니다. 그런 겨울을 가졌어도 해녀들은 바닷속에서 물숨을 쉬었고, 감귤 수확으로 바쁜 과수원에서 장정들은 귤상자를 날랐습니다. 눈을 맞은 동지나 물을 할망장에 내다팔기 위해 할머니들이 우영팟을 가꾸던 겨울 한철이 있었습니다. 어김없이 봄이 온다는 걸 아는 까닭입니다. 추운 겨울에는 이불 속에서 언 발과 손을 녹이며 모래밭에서 캔 고구마를 나눠 먹고, 귤을 까서 잼을 만들거나 감기에 좋다는 차를 만들어 나눠 먹습니다. 마을 경조사가 아니더라도 삼삼오오 모여 이야기를 나눕니다. 그리고 밭과 바다에 나가 품앗이를 합니다. 어김없이 봄은 오니까 절망하며 무기력하게 자신을 방치하는 독거의 겨울을 허락하지 않습니다.

　제주는 봄을 위해 벚꽃이 피는 가로수 밑에 유채꽃을 심습니다. 서귀포에서 표선으로 가는 마을의 길가에는 귤나무들이 가로수로 심겨 있습니다. 따먹거나 사진을 찍거나, 드라이브를 하는 이들을 즐겁게 해줍니다. 올레길을 걷는 사람들이거나 마라톤을 하는 사람들이거나 무심한 듯 지나치며 밭에서 바쁜 제주 사람이거나 제주에서의 봄은 신이 내린 축복과 경이로운 시작과도 같습니다. 세상을 다시 살아보라는 장학금과도 같습니다. 따사로운 봄볕은 사람 사이의 어그러진 마음을 말리고, 등을 진 사람들과 손을 잡고 무엇이든 다시 밥그릇을 위해 도전하라고 기회를 줍니다. '사람은 무엇으로 사는가'보다 '어떻게 사는가'에 골몰하라고 경을 읽어줍니다. 흙 가까이 붙어있는 낮은 지붕과 가슴께 높이의 구멍 숭숭 뚫린 돌담과 아이부터 어른까지 바쁘게 몸을 쓰는 제주를 보여주는 봄입니다.

머리가 너무 차가웠던 겨울이 지나고, 마음을 배반한 불신으로 폐허가 된 겨울이 지나고, 손발을 묶은 방화와 전염병으로 흉흉한 겨울이 있었다면, 다시 인간은 어떻게 살아야 하는가, 본질을 묻는 봄을 받아들여야겠습니다. 성실한 나의 거울을 보고, 등 뒤에 서서 나를 흠모하는 너를 보고, 아이가 커가는 집 안을 바르게 정비해야겠습니다. 아이의 손을 잡고 대문 밖을 나가 집 앞의 쓰레기를 줍고, 쓰러진 이웃의 자전거를 세워야겠습니다. 나의 몸에서 파생되는 너와 함께 우리라는 말을 지녀, 사회에 다시 서야겠습니다. 촛불을 밝히던 광장에 나가 애국가와 국기와 나라꽃에 대해 다시 한번 화평하게 우리가 무엇을 할 수 있을까를 고민해야겠습니다. 봄볕이 머리와 어깨와 등에 따사로이 내려옵니다. 머리를 쓰다듬던 햇살이 어깨를 주무르고 등을 토닥입니다. 저와 유자가 익는 남쪽 바닷가의 서사를 함께 읽으셨다면 이제 당신은 혼자가 아닙니다.

새별오름의 불구경을 끝낸 대보름달이
별가루로 부서져 제주 바다에 내려오면
제주는 다시 봄이라는 사계절을 받아들입니다.

달려라 하니와
들장미 소녀
캔디

나는 피가 뜨거운 짐승으로 태어났습니다.

한겨울에도 옷을 다 벗고 대문을 나가 지나가는 학생들 행렬 앞에서 춤을 추었습니다. 나 자신이 부끄러움에 도전한 사건이었다고 생각합니다. 다섯 살 무렵입니다.

나의 여섯 살과 일곱 살은 대형트럭에 깔린 덕분에 제주시 내 병원에서 통깁스를 하고 살았습니다. 그 시절이 없었다면 조용히 책을 읽거나 칼라 테레비의 신문명을 시골 친구들보다 먼저 터득하진 못했을 것입니다. 내 팔자가 바뀐 최초의 사고였습니다.

초등학교 시절은 마을회관, 예배당, 학교에서 춤을 췄습니다. 캉캉춤, 인디언춤, 부채춤, 발레……. 덕분에 나는 '궁둥이 잘 흔드는 년'이라는 동네 사람들의 찬사를 받으며 예능인으로 살았습니다. 각종 대회에 다니느라 초등학교 때의 기억은 무대밖에 없습니다. 서귀포 시내에 있는 체육관의 큰 무대 경험도 갖게 되었습니다.

중학교 때는 오토바이를 밤마다 타고 다녔으나 사춘기를 심하게 앓고 있어서 낮에는 사람들을 피해 다녀야만 했습니다. 초등학교 때는 세계 문학을 전집으로 읽었다면 중학교 때는 세계 고전문학전집을 죄다 읽었습니다. 만화방에 간 기억은 없습니다. 오로지 전집을 끼고 살았습니다. 아버지는 나에게 왜 전집을 사주셨을까요. 나는 노벨문학상을 타겠다고 마음을 먹고 남들 다 노는 여름방학에 혼자 빨간 원고지 칸과 전투를 벌였습니다. 물론, 삼류 로맨스 소설을 썼습니다. 아이들의 독후감 숙제, 백일장 산문 등을 돈을 받고 써주는 유령작가가 당시 나의 삶이었습니다. 언니들과 남동생 몰래 옥상의 된장, 간장, 고추장 항아리 옆에 돈 항아리를 보유한 갑부 작가였습니다. 돈 항아리 속을 들여다보다가 하늘을 쳐다보며 지붕 위에 누워 있는 걸 낙으로 삼았습니다.

고등학교는 밭일을 하기 싫어서 시내 명문여고로 갔습니다. 뺑뺑이를 돌렸으므로 선택의 여지가 없는 가톨릭 여학교였습니다. 교복 부활이 시작되던 때라 스프레이로 세우던 머리도, 승마 바지도 안녕~ 안녕해야만 했습니다. 성적과 종교 외엔 아무것도 인정하지 않는 여학교는 그야말로 내 인생의 어두운 동굴이었습니다. 선생님들도 핏기 없는 무심함으로 견디기는 마찬가지인 것 같았고, 문예반은 공부 잘하는 애들이나 가는 재능과는 거리가 먼 동아리였습니다. 내가 촌에서 상경해서 혼자 자취하는데 공부까지도 헤매는지라 학교에서는 늘 존재감이 없이 떠돌았습니다. 제주에서는 출신 고교가 모든 걸 좌우하는 스펙의 일순위이기에 졸업 후에는 어두운 동굴이 유용하게 쓰였습니다.

스무 살 이후로 지금까지 어쩌면 죽을 때까지 같은 패턴으로 같은 환경, 같은 사회 안에서 '외로워도 슬퍼도 나는 안 울어'와 '달려라 달려라 이 세상 끝까지 달려라'뿐인 인생이 내내 지속되고 있습니다. 강약과 빠르기의 완급 조절만 있을 뿐입니다. 어차피, 어릴 적부터 밥상을 받아보지 못했고, 고분고분 차려주는 밥상이나 받기에는 나의 피가 뜨거웠습니다. 알몸으로 세상에 서 있어도 끄떡없도록 단련되어 왔으므로 계란으로 바위를 치는 것을 두려워하지 않습니다. 통깁스 생활과 어두운 동굴 생활도 끝은 있었으므로, 무간지옥 속의 화양연화도 화무십일홍인 줄 아는 까닭에 주인이 아파트 안에 가두고 키우는 허스키 모양으로는 살지 못합니다. 언젠가 나의 인생도 끝은 있겠지요. 팔자가 거듭 바뀌어도 나니까 내가 감당해야 하고, 내가 나의 꽃밭을 책임져야만 합니다.

달려야 하는 하니도, 사람들 앞에서는 울지 말고 웃기만 해야 하는 캔디도 끝이 있어 다행입니다. 인생은 태어나면서 지옥이라는데 나보고 지옥에서 천년만년 살라고 한다면⋯⋯. 글쎄요, 불사를 허락한 운명의 신에게 분명 나는 계란을 던질 게 뻔합니다.

제주어로
편지할게요

〈제주어〉

메시께라,

나가 이녁신디 곧는 말은 아맹 뭐시랜 고라도 귀눈이 왁왁

헐거난 고랑몰라마씸.

왕 방 강 고람직이 뵈림직이 글로 써봅서예.

는착헌 가슴 소곱에 곱정강 문장이 고블락허듯 베지근허게

글로 소도리허여봅서예.

〈육지말로 번역〉

어머나,

내가 당신에게 하는 말은 아무리 떠들어도 모를 거니까 말해도 몰라요.

와서 보고 가셔서 말하기 좋게 마치 보듯이 글로 써보세요.

철렁 내려앉은 가슴속에 숨기고 가셔서 문장이 숨바꼭질하듯, 기름이 돌듯 글로 널리 알려보세요.

뭍에 사는 당신에게 가끔 제가 하는 말은 외계어 같겠지요.

열심히 듣는 당신이 너무 귀여워서 가끔 놀려주고 싶지만요.

고마워요.

제가 사는 섬을 알고 싶어서

부러 열심히 제주어를 묻는 당신이란 걸 알기에

저는 온통 당신이 감동입니다.

가슴 말고
마음이 움직일 때까지,
기다릴게요

가슴은 인체의 한 부분을 지칭하는 것 같아서 마음이라는 낱말을 좋아합니다. 마음이란 몸이 아닌 감정과 인정이 퇴화되지 않는 신비이기 때문입니다. 마음이라고 쓰면 우리 몸 안에도 보이지 않는 비밀의 정원 같은 게 있다는 묘한 즐거움이 생깁니다. 그래서 당신의 육체를 흠모하는 크기의 사이즈를 재거나 눈에 보이는 심장박동을 감싼 가슴보다 감동과 벅참을 몰래 숨긴 마음의 문을 열어보는 게 즐겁습니다.

마음을 나누는 것도 좋습니다.

마음을 나눈다는 것은 '당신의 결점도 다 이해하고 받아줄게.'라는 무언의 토닥임 같은 거니까요. 마음을 움직여달라고 정중히 부탁하는 것도 당신을 존중한다는 의미입니다.

밖거리의
로맨틱

수평선을 바라보며 자란 나는 육지에 대한 동경을 가지고 살았습니다. 스무 살 이후는 비행기의 이착륙 소리가 시끄러운 용담동과 이호동 근처에서 살고 있습니다. 귀를 막고 살기는커녕 비행기의 소리에 눈물을 흘리고 설레기만 합니다. 누군가를 기다리는 것도 아니면서 마냥 포물선을 그리는 비행기를 쳐다보는 걸 좋아합니다. 뱃고동 소리가 좋아서 가파도에서 모슬포항구를 바라보는 것도 같은 그리움의 버릇에서 비롯되었다고 볼 수 있습니다. 이방인과 이방의 거리라는 표현을 좋아하는 것조차 근원을 따져 물으면 육지에 대한 동경에서 찾을 수 있겠습니다. 육지에 나가기라도 하면 김제의 지평선을 바라보며 벼가 익는 냄새를 맡던 해질녘과 산골의 서늘하니 차가운 공기 속에 묻어나오는 약초 냄새들과 멧돼지의 발자국이 충분히 나를 상상 속으로 빠져들게 합니다. 서울에 볼일이 생기면 당일치기보다는 이틀 정도 여유를 갖고 일정을 잡는 편입니다. 서울로 가는 비행기를 타고 창공 위를 날았다면 제주로 돌아올 때는 기차를 타고 옵니다. 가장 느리고 천천히 에둘러가는 무궁화호 같은 기차를 타고 풍경을 바라보는 일이 좋습니다. 눈이 묻은 논과 붉은 흙길이 보이는 저수지의 방둑은 제주에서 찾아볼 수 없는 풍경입니다. 종점인 부산까지 오면 나무를 재료로 지은 통도사를 찾아가거나 광안리 바닷가에서 하룻밤을 자고는 비행기를 타고 제주에 내려옵니다. 김성종 추리소설가의 박물관처럼 특색 있는 작가의 생가를 찾아가서 그들의 뜰과 뒤란에 서서 충분히 바람을 쐬면 남몰래 보물을 가진 사람처럼 내 눈은 빛이 납니다.

1박 이상의 여행을 하게 되면 평소에 입지 못하던 옷과 구두를 캐리어에 챙기고 솔까지 챙깁니다. 값싼 모텔이어도 특이한 솔로 테이블을 세팅하고 동네에서 산 장미꽃을 생수병에 꽂아서 분위기를 한껏 냅니다. 그리고는 일상에서 입지 못했지만 꼭 입고 거리 풍경을 구경했으면 하던 옷을 입고 거리로 나갑니다. 누구에게 잘 보이기 위함이 아닌 나를 위한 만족에 가깝습니다. 내 몸과 내 영혼을 함부로 하는 게 싫습니다. 이 세상에 하나밖에 없는 나에 대한 예의가 아니라고 생각합니다. 분위기 좋은 카페를 찾아 건들건들 걷다가 쓰윽 아무 곳이나 들어가서 조명이 은은하고 바람이 드는 창가에 앉아 부드러운 톤의 음악이 깔리는가를 확인하면 비로소 맥주를 시켜서 마십니다. 천천히 느리게 이방인들을 피부로 느끼면서 지방어의 생경함에 귀를 쫑긋 세워보기도 합니다. 사람을 쬐는 일은 딱 이만큼이 좋습니다. 제주에서도 오일장이 서는 날이면 사람살이를 보기 위해 할망장에 가곤 합니다. 어느 할머니가 부지런히 중산간에 올라 산나물과 열매를 따셨는지 알 수 있습니다. 할머니들이 사람을 쬐기 위해 부지런한 일상을 보낸 것처럼 나 또한 책상에서 보낸 일상을 오일장에 나가 사람볕에 말립니다.

　제주 안에서도 주말은 여행자처럼 지내곤 합니다. 새벽녘 숲길에서 맨발로 걸으며 빗방울과 풀잎의 대화를 듣기 위해 혹은 노루와 눈을 맞추기 위해 숲터널을 지나 중산간으로 가기도 합니다. 해 뜨는 동쪽 성산포를 보기 위해 용눈이오름을 오르거나 별빛을 보기 위해 새별오름을 오르기도 합니다. 제주시에서 서귀포를 가는 것도 여러 코스와 시간대 그리고 음악파일을 만들어 나만의 지도앱을 만들어보는 것도 더할 나위 없는 즐거움입니다. 탐험가 기질을 발견할 때마다 나는 설레어 주말을 위해 평소에 일을 하는 데 게으름을 피울 수가 없습니다. 사계절 마을마다 생산되는 보리며 한라봉, 메밀과 해산물을 얻어다가 냉동을 하거나 건조하여 저장해둡니다. 그리고 나의 육지 이방인 친구들을 기다리며 발가락을 까닥까닥거리며 지루한 시간을 견디기도 합니다. 어른 손바닥만 한 전복과 노란 기름이 도는 자리돔 혹은 청정지역에서만 잠깐 돋아나는 이파리로 덮은 차들을 숨겨놓으면 보물섬의 주인 같은 기분이 듭니다. 나의 지인들은 군말 없이 내 선물을 받아줍니다. 제주 여자들의 오롯한 정을 아는 까닭입니다. 그리고 그냥 고맙다고만 말해줘서 고맙습니다. 내게도 선물을 줄 수 있는 지음이 있어서 일 년 동안 선물을 준비하며 얼마나 즐겁고 신바람이 났는지 그들은 알고 있을 겁니다.

내 주위에는 노는 여자들이 없습니다. 스스로 돈을 버는데 궁색해서가 아니라 콧바람이라도 쐬어야 사람 구실을 한다는 신념에서 비롯된 것입니다. 내 자신이 사라지는 게 얼마나 무기력하고 우울에 빠지게 하는지 모를 겁니다. 제주에 태어나서 그런지 여유롭고 통이 큰 여자들이 많아서 좋습니다. 만나면서 계산기를 두드리지 않고 어려운 서로를 화끈하게 도와주는 수

눌음이 있어서 좋고, 남자들을 사랑하는 연인이 아니라 돈 벌어 오는 노예로 혹사시키지 않아서 좋습니다. 휴가마다 낚시를 좋아하는 남자를 멀리 섬에 보내어 여러 날 혼자 살아도 제주 여자끼리 흉을 보지 않아서 좋습니다. 아무리 좋은 관계여도 달라붙어 사는 것은 딱 질색입니다. 두루두루 다른 사람들도 만나고 돌아온 남자가 여자에게 더 잘해준다는 사실을 아는 까닭입니다. 그래서 경제력이 있는 여자들은 남자들의 눈치를 보거나 남자들을 구속하려 들지 않습니다. 불안한 남자들이 오히려 집에 잘하려고 애쓰는 경우가 많습니다. 정말 큰일이 나면 남자들과 의논하기보단 집안 여자들과 의논을 하기도 합니다. 위기를 살리는 큰돈은 여자들에게서 나오기 때문입니다. 그러하니 제주에선 여자들과 속을 터놓고 사업을 하는 게 깔끔한 편입니다.

"얼마면 되니?"

이런 멘트는 제주 여자들에게 제법 어울립니다.

나는 섬에서 나고 자랐지만, 늘 비행선을 타고 오는 이방인들에게서 나는 낯선 향기가 오히려 익숙한 나의 냄새 같습니다. 아버지가 어머니의 집성촌인 사계 마을로 와서 이방인으로 살아서일까요. 마을 사람들의 시선과 색다른 대접 그리고 우리 집만의 특이한 생활풍속이 그렇기도 합니다. 아버지는 나를 항상 자전거 혹은 오토바이에 태워서 안개가 자주 끼는 바닷가와 들길을 구경시켜주셨습니다. 비가 오는 날과 눈이 오는 날 함께 타던 자전거와 오토바이 그리고 함께 듣던 팝송과 유행가들, 우리 집에만 있던 세계명작소설들이 그러합니다. 이방인들이 몇 해 살다가 떠나면 서커스단들이 잠시 머물다가 사라지던 밖거리를 소유한 안거리의 딸이어서 그러할 것입니다. 외할머니와 어머니는 일 년 동안 이방인들을 위해 고팡에 먹거리를 저장해 두셨습니다. 나는 이방인들의 방에 놀러가 레코드판과 세계지도를 보았고 재봉틀과 레이스 문양의 커튼을 만지며 놀았습니다. 그들이 읽던 책을 귀로 듣던 어린 시절과 그들이 읽던 양장본의 책들은 고스란히 내 보물상자에 들어갔습니다. 그들의 파지가 되던 악보와 원고지 또한 내 보물상자에 들어있습니다. 그들은 내게 수많은 실패작들을 보여주면서 완전한 대가로 완성되었습니다. 나는 그들이 떠난 후 보내온 선물과 함께 이방의 거리에서 온 엽서와 기념품들을 몰래 간직하여 왔습니다. 이러한 어린 시절이 커서도 내게 남게 된 자연스러운 생활이 아닐까 싶습니다. 그래서 이방인들과 토박이들을 한곳에 불러 모아 한여름 밤의 꿈같이 울고 웃던 비밀이 남아있는 거처가 내 마음속 사거리일지도 모르겠습니다. 그러한 빛들이 모여서 만들

어진 지금 나의 모습과 마음은 이방인들이 흘리고 간 로맨틱한
빛들의 흔적이 아닐까 합니다.

"나를 잊지 마세요."

서로에게 하고 싶은 말을 대신한 엽서의 풍경이 아닐까 싶
습니다.

할머니들이 사람을 쬐기 위해
부지런한 일상을 보낸 것처럼
나 또한 책상에서 보낸 일상을
오일장에 나가 사람볕에 말립니다.

붉은 섬광이
가슴께 동백꽃으로
피어

할머니의 기일이 지났습니다. 처가에서 어머니의 생신날에 제사를 지내야만 했던 아버지는 고향이 없습니다. 아버지가 살았다던 어도리의 자리왓에는 팽나무와 표지석뿐입니다. 아버지가 목수였던 할아버지를 따라 뭍으로 잠시 나간 사이 마을이 불타고 말았습니다. 할머니와 더불어 마을 사람들은 동부두 주정공장으로 끌려갔고, 바다에 수장되셨습니다. 그 후 귀덕리가 본적으로 되어있는 아버지는 4·3으로 마을을 잃어버렸고 어머니를 찾을 길이 없었습니다. 그래서 사계리에서 처가살이를 하시던 아버지는 음력 이월 초닷새마다 할머니의 제사를 지내셨습니다. 아버지는 4·3에 어머니를 잃고 고향을 잃은 후 젊은 시절에 전쟁에 나가 한쪽 눈마저 잃으셨습니다. 폭탄의 파편이 박혔던 아버지의 눈과 몸을 볼 때마다 매화꽃차의 아린 맛처럼 제 마음은 폐동이 되었습니다. 지난날을 붙잡고 슬퍼할 겨를 없이 보리 푸대를 나르시고 산방산의 돌계단을 만드는 노역을 하시던 아버지는 눈먼 새처럼 평생을 사셨습니다.

4·3사건이 세상에 드러날수록 말수가 없던 아버지는 나를 재촉하셨습니다. 할머니의 흔적을 찾아 맹목적으로 불타오르셨습니다. 아버지의 때늦은 집착과 집념을 이해할 수 없었습니다. 다 지난 일인데 왜 자꾸 고향과 할머니의 죽음에 관한 이야기를 반복하시는지…. 마음이 선뜻 움직이지 않았습니다. 성인이 돼서야 4·3 기행을 따라나선 나는 4·3에 관한 시를 쓰게 되었습니다. 매년 4·3평화공원의 문주에 시를 붙이면 행사장에 오신 아버지가 딸의 시를 읽으며 눈물을 흘리셨습니다. 그러던 아버지께서 너무나 일찍 할머니 곁으로 가셨습니다. 출가외인이 된 딸을 붙잡고 그렇게 시를 쓰게 하셨으면서도 성에 차지 않으셨나봅니다. 당신께서 성급하게 할머니의 곁으로 가신 걸 보면 말입니다. 그래서 죄의식과 불효를 저지른 것 같은 생각이 늘 나에게 남아있었습니다.

요즘은 땅값이 많이 나가는 마을, 관광지가 유명한 제주의 마을들이 기억되고 있습니다. 하지만 나는 아가의 나비잠이 예뻤던 마을, 바람이 좋고 햇볕이 좋았던 마을을 소개하고 싶습니다. 잃어버린 마을이 지금은 황폐하고 잡목이 우거진 곳으로 변했지만, 분명 콩떡 쑥떡 나눠주던 인심으로 사람살이가 좋았던 곳일 겁니다. 그런 고향을 아버지에게 찾아드리고 싶습니다. 아버지가 그리워하던 고향 또한 그런 마을이었을 것입니다.

삼일해장국,
only one table

금능리에서 10킬로쯤 동쪽으로 달리면 50분 거리에 한림리의 해장국집이 있습니다. 최대한 최근에 나온 제주막걸리와 꽃멜젓갈이 내장탕과 함께 나오는 집입니다. 막걸리를 마시기 위해 달린다고 해도 할 말 없는 아침 해장술. 사실 매워서 풋고추도 막된장에 못 찍어먹던 내가, 멜젓갈은 삼겹살이 구워지는 석쇠에서 소주를 넣고 끓여도 냄새가 싫어서 못 먹던 내가 "여기 고추랑 멜젓 더 주세요~" 처음 외치게 된 곳입니다.

물론 아침 댓바람부터 혼자 술꾼들 사이를 비집고 들어가 막걸리와 내장탕을 먹게 된 첫 장소이기도 합니다. 두 종류의 메

뉴밖에 없는 해장국집에서 해장국보다 내장탕에 기운 것은 내
장의 쫄깃함 때문입니다. 물컹하고 젤리 같은 선지보다, 천 개의
털이 달린, 아침에 세수를 하고 닦던 수건의 털들처럼, 달리다가
쳐다본 새털구름이나 갈매기의 날개에 달린 천 개의 털이 천엽
에 고스란히 남아있기 때문입니다. 혓바늘에 닿는 털들의 톱니
가 닿는 마찰음을 사랑하게 돼버렸습니다.

완벽한 맞물림으로 음을 내며 콧노래가 되는 시간. 시계바
늘을 돌리는 당신과 나라는, 우리가 들어 올리는 하루의 세계
같아서 좋습니다.

헤라클레스 같지 않은가요. 혼자서는 낼 수 없는 화음. 손잡
고, 팔짱을 껴야 생기는 '으쓱'의 콧노래입니다. 내장탕 속에 콩
나물과 당면과 대파 등등이 덩달아 기운을 얻어 조화로운 세계
를 만드는 오묘함을 들여다보며 먹는 기분이라니요. 소우주를
삼킨 나는 태양이 된 듯 하루를 들어 올릴 수 있을 것만 같습니
다. "천 개의 깃털을 더 얹어주세요~!" 외치고 싶습니다.

부엌을 영토로 가진 어머니라면 시간을 내서 일주일에 하
루쯤 하루 중에 오전쯤 밥집 중에 남이 해주는 밥 한 상 받는
어머니가 필요합니다. 돌아오면서 맡는 갯내음. 돌담 위에 앉은
흰 개. 어슬렁거리는 검둥이… 한들한들 취한 듯 걸으며 바람처

럼 걸어본다면… 아… 그래, 그렇지요. 마지막 그릇을 받침에 비스듬히 걸쳐놓고 국물까지 숟가락을 바닥에 싹싹 쓸어서 먹는 맛…. 내가 정성 들이고 싶은 사람에게 음식을 싸서 보내줄 수 있다면, 이 집의 only one table을 통째 싸서 마개에 비닐 덮고 고무줄로 친친 묶은 다음, 당신의 밥상으로 보내고 싶습니다. 마음이 추울 땐 따뜻한 국물을 꼭 먹고 다니십시오.

이기적인
당신

자신은 번식하지 않으면서 평생 집단을 위해 헌신하는 일개
미가 있습니다. 개체 자신의 성공도는 낮추면서 상대방의 번식
성공도를 높이는 이타적인 행동은 여러 세대에 걸치면서 결국
자신의 번식 성공도를 높이는 것입니다. 직접 번식을 하지 않
고 자신과 공유할 확률이 높은 상대의 번식 성공도를 높임으로
써 간접적으로 자신의 복제본도 남길 수 있기 때문에 이타적인
행동을 하는 것입니다. 하지만 아무 대상에게나 이타적이지 않
습니다. 자신의 유전자 복제본에 대한 손실보다 유전자를 공유
할 확률이 높은 상대방을 통해 남기는 이득이 더 클 때 이타적

인 행동의 상대방은 선택됩니다. 자신이 감수하는 손실보다 이득이 커야 하고 상대방으로 인해 퇴화가 아닌 진화가 이루어져야 합니다. 사람도 그러합니다. 그래서 사람의 사랑은 움직이나 봅니다.

당신이 나를 감추어두고 달콤한 언변으로 나의 모든 걸 빼먹는다면 멍청한 이기주의자란 뜻이겠지요. 하지만 당신은 그러지 못합니다. 나의 강력한 이타성을 알기 때문입니다. 언제나 날갯짓이 크고, 사방의 경쟁자들이 호시탐탐 기회를 노리는 위험한 족속이 나라는 사실을 당신은 잘 알고 있습니다. 나의 큰 칼에 가차 없이 베어져나간 수개미들과 수벌들의 유서를 당신은 지니고 있습니다. 당신은 나를 잃을까 봐 언제나 두렵습니다.

신발이 없는 언니와
신발이 많은 언니
그리고 내 신발

유년의 이야기를 들려드리겠습니다. 아시다시피 나는 여자라서 여자들에게 둘러싸인 공간과 시간이 많았습니다. 세상에 관심이 많은 나는 어른들의 이야기에 민감했습니다. 따라서 둘, 셋이 모이면 이야기가 되는 곳을 찾아 싸돌아다니던 나는 어머니와 언니들을 졸졸 따라다녔습니다. 이곳은 여자들이 경제활동을 하고 주도적인 활동을 많이 하는 곳이라 여자들이 자유롭고 유쾌했습니다. 돈을 지닌 여자들이 가족 내에서의 권력 또한 대단하여 큰소리로 호령하는 것은 언제나 여자들의 특권이었습니다. 술을 잘 마시는 여자들과 밤을 새우며 놀다가 집으로 향하는 여자들이 낯부끄럽기는커녕 당당하였고 오히려 밤을 같이 지새운 남자들이 혼쭐이 났습니다. 술값을 여자들이 치르는데도 말입니다.

이야기 듣기를 좋아하던 나는 어머니와 언니들의 이야기가 시들해지자 할머니들이 사는 집에 가는 걸 좋아하게 되었습니다. 꼽추 할머니와 얼굴이 얽은 할머니의 집, 똥돼지를 키우며 손바닥 선인장을 맷돌에 갈아 먹던 할머니, 손과 발이 고운데 자꾸 울기만 하는 할머니의 집도 나의 유년의 거처였습니다. 일은 안 하고 집 밖으로만 도는 나를 아버지와 닮았다며 어머니는 일찌감치 포기를 해주어서 다행이었습니다. 가족과 복닥거리며 살았던 기억이 짧습니다. 그래서인지 지금도 가족 모임과 제사 명절을 이유로 고향집 가는 것을 매우 낯설고 거북하게 느끼며 핑곗거리를 찾습니다. 아버지가 그랬듯 말입니다. 어느 날은 아버지와 내가 난드르 포구에서 만난 적도 있었습니다. 집을 나온 우리의 감성 취향이 비슷했나 봅니다.

할머니들은 작고 까만 나를 똥강아지마냥 귀여워해주셨습니다. 그리고는 슬슬 이야기를 들려주셨습니다. 마음에만 간직한 비밀스런 이야기들은 죽음이 가까울수록 우둔한 이별을 두려워해서인지 발설의 욕망 속에 사로잡혔습니다. 할머니들은 똥강아지 같은 내가 자신의 가족이 아닌 이방인이자 어린아이라는 안도감이 들어서인지 별별 이야기를 쏟아냈습니다. 그때부터였는지는 몰라도 사람들은 나를 만나면 묻지도 않았는데도 자신의 비밀들을 쏟아냅니다. 나의 소설 읽기는 바로 생 라이브, 리얼 다큐 듣기로부터 시작되었습니다.

할머니들의 내력담은 대부분 이렇습니다.

첫째 딸은 어머니를 닮는 성향이 있어서 그런지 과묵하고 책임감이 넘칩니다. 여자의 뼈대를 가지기보단 기골이 장대한 장수의 체격을 갖추고는 진두지휘를 하려 듭니다. 그도 그럴 것이 어머니는 바다에 나가 물질을 하거나 쉬는 날은 밭과 과수원과 마을 경조사에 가서 품앗이를 합니다. 도통 집에서 얼굴을 볼 수 없는 어머니를 대신해서 살림과 훈육을 도맡은 첫째 딸은 품위 유지를 위해 게으른 짬을 낼 수가 없습니다. 무섭고 바쁜 여자들 속에서 아버지와 아들의 노력은 허사로 돌아가기 일쑤입니다. 잘해보려 해도 실수투성이의 아버지와 아들은 어머니의 불호령 속에서 작아지는 경우가 허다했습니다. 그럴 때마다 첫째 딸은 '서방 복 없는 년이 자식복도 없네.'라는 어머니의 서러운 통곡과 함께, 첫째 딸이 목을 넘기지 못하는 음식을 탐내는 동생들 사이에서 남자에 관한 공포를 키우고 아버지를 닮지 않은 남자를 동경하게 됩니다. 남자에 관한 잘못된 환상이 자리 잡는 것입니다. 책임져야 하는 무능한 남자가 자신의 남편이 될까 봐 노심초사하는 첫째 딸은 신발을 감춥니다. 발이 달려야 남자를 찾아가고 남자를 알아갈 텐데. 어머니에게 매일 듣던 남자수난 곡에 의해 미리 남자와의 사랑을 포기합니다. 그리고 남자는 강하고 책임감 있고 부지런해야 하는 일꾼이어야 하지만 누구에게나 자랑이 되어야 하는 이름표가 있어야 한다는 강박이 있습니다. 흡사 로봇이거나 슈퍼맨이 남편이 되어야 하는 것처럼 말입니다. 처음부터 완벽한 남편은 없습니다. 아내가 처음이라 서툰 것처럼 남자도 남편과 가장이라는 자리가 서툴기는 매한가지입니다. 남편으로서 가장으로서 견고해지는 것에 관한 지혜와 기다림이 부족합니다. 자신은 발이 퇴화되는 줄도 모르고 환상 속의 남자를 계속 가정의 기준치로 둡니다. 그리고 어머니처럼 포효하며 일터를 종횡무진하는 여장부가 되기 쉽습니다. 어머니의 모습을 보고 배웠으니까요. 성질이 급한 첫째 딸은 남편의 실수를 용납하지 못합니다. 실패하더라도 끝까지 해보라는 격려보단 자신이 물속으로 뛰어들고 밭과 마을의 경조사에 뛰어듭니다. 그리고 '서방 복 없는 년이 자식 복도 없네.'라는 노래를 어머니와 똑같이 부릅니다. 아들바라기를 하지만 아들도 경제력이 생기면 어머니를 멀리합니다. 첫째 딸은 크고 단단한 소라의 집에 철문을 닫고 혼자 늙어갑니다.

어머니의 언어를 배운 첫째 딸은 다른 집 어머니들의 노래에도 귀를 기울였어야 했습니다. 소라의 집 안에서 말똥버섯 달인 물만 고집하며 마시는 풍속을 한번쯤 의심했어야 했습니다. 되물림을 끊을 수 있는 신발을 갖지 않은 건 누구의 잘못도 아닙니다. 자신이 신발을 고르지도 않았고 여러 신발을 신어보지도 않은 결과일 뿐입니다. 목소리가 큰 첫째 딸은 독신으로 늙어가는데도 사랑을 모르게 되었습니다.

둘째 딸은 어머니와 첫째 딸과는 정반대로 신발이 아주 많습니다. 정반대로 살아보려고 애쓴 까닭도 있거니와 언니와 여동생 사이에서 살아보려고 애쓴 결과입니다. 욕심은 많은데 늘 부족한 음식과 생활이 반복되는 집에서 둘째 딸은 서럽습니다. 그래서 좋다는 건 다 따라하고 다 기웃거려 봅니다. 가만히 앉아있질 못합니다. 점점 귀가 얇아집니다. 진득하니 하나에 열중을 하지 못하니 실력도 얄팍합니다. 도중에 갈아엎어 새 신을 삽니다. 이렇게 해서 굽이 닳지도 않은 신발들이 많아 발이 바쁩니다. 겉으로는 사람들이 많이 붙고 일감도 많은데 실속이 없습니다. 뛰는 놈 위에 나는 놈이 항상 마지막에 채갑니다. '사랑밖에 난 몰라'인 둘째 딸에겐 날파리들만 꼬입니다. 제 돈을 내고 술 사주고는 남에게 사랑을 뺏기는 일이 허다합니다만 늘 사랑을 찾아 신발을 신습니다. 나이가 들어도 문을 활짝 열어놓은 소라의 집에는 짝을 찾지 못한 신발들만 어지럽습니다.

할머니들의 이야기를 듣고 자란 나는 어른이 되고부터 항상 맨발이 아닌지 나의 발을 들여다봅니다. 돈벌이에 미쳐서 습관적으로 발이 사라져도 모르는 말똥버섯으로 변한 목석인지 아닌지 내 몸을 만져봅니다. 신발장을 들여다봅니다. 신발이 있는지 없는지, 있으면 쓸데없이 모셔두는 신발만 많은지, 한길을 걷느라 굽이 닳은 신발과 사람살이의 이야기를 듣는 곳에 신고 가는 곱게 모셔둔 신발은 여벌로 있는지 말입니다.

귀덕,
바람길

음력 이월 초하루, 제주에는 바람의 여신이 돌아오는 날입니다. 덕을 베푸는 바람의 여신은 며느리와 딸을 번갈아 데리고 옵니다. 올해는 예쁜 딸이 다칠까 봐 부채 바람으로 치마 밑단만 살살 부치며 오십니다. 파란 하늘과 하늘색 바다 사이에 금을 긋는 갈매기가 날고 있습니다. 거북등에 촛대를 꽂은 듯 하얀 등대는 용천수와 집어등들의 포구를 껴안고 있습니다.

귀덕(歸德), 덕이 돌아오는 마을에 산다면, 어진이들이 베푸는 은혜를 크게 입을 것만 같습니다. 올해는 신과 인간의 즐거운 만남을 귀덕 마을에서 시작해봅니다. 소박한 포구가 보이는 바닷가의 잔디밭에서 할머니들이 어깨춤을 추고 계십니다. 깊은 주름이 하회탈 같은 할아버지들도 어깨를 나란히 맞추어 흔들립니다. 어르신들은 어깨를 들어 올려 오른팔을 노 젓듯 느리고 규칙적인 동작으로 흔들면서 왼팔은 등 뒤의 허리에 고정시켰습니다. 흡사 뱃사공과 닮았습니다. 발이 놓이는 자리마다 장구 장단을 파도처럼 흐르게 놔둡니다. 귀덕 마을에 사는 어진이들이 바람의 제단으로 나와 간곡한 곡조에 몸을 푸는 영등제가 끝나면 스무날 동안 바다는 휴업을 합니다. 영등철에는 고기가 잡히지 않는다고 낚시꾼들마저 채비를 거두고 맙니다. 바람의 여신이 비바람을 몰고 와 바다와 마을을 비질하고 물청소를 하기 때문입니다. 매년 음력 이월 초하룻날에 와서 스무날쯤에 가시는 영등할머니의 발자국마다 뒈싸진(뒤집혀진) 바다와 엎어진 밭을 보는 마을 사람들은 조급해하지 않습니다. 어진이들은 꽃샘추위로 몸이 근질근질해도 바람의 여신이 몸 안에 흥을 놓았던 춤을 간직한 봄기운을 아는 까닭입니다. 어진이들이 나이를 잊고 소라와 전복을 따러 물질을 나갈 봄이 오고 있습니다. 늙음이 없는 춤은 마을의 봄을 기원합니다. 바람의 여신은 웅크린 마을 골목마다 새 기운을 불어넣으며 청소를 하고 계십니다. 바람의 여신인 영등할머니가 흥에 겨운 춤바람으로 콧노래까지 부르며 청소를 하는 동안을 제주에선 영등철이라고 부릅니다.

　포구에서 가락에 맞춰 춤을 한바탕 추고 나면 어진이들이 봄 빛을 물고 올 물고기들을 데리고 꽃등을 밝히러 마을로 향합니다. 자동차들은 파란불인데도 멈추고는 손을 흔드네요. 손부채 질로 여신의 옷깃에 묻은 은혜로운 복가루를 얻으려나 봅니다. 렌터카들이 덩달아 환호성을 지릅니다. 어진이들이 춤을 추면서 마을 안길을 걷는 행렬은 유랑 악단 같기도 하네요. 커다란 스피커를 수레에 태우고 노래를 틀어놨으니 말이죠. 제주어로 부르는 노래는 라틴풍에 실려 온 낯선 이방인의 언어와 비슷해서 이색적인 행렬과 궁합이 맞기도 합니다.

　다금바리 모형을 머리에 뒤집어쓰고 걷는 나는 행렬과 어울려 걷고 있습니다. 몇 해를 어울려 지내는 지음은 무지개 물고기 모형을 쓰고 있습니다. 말없이 어루만지는 한 시절을 외눈박이들처럼 만나서 바람을 맞고 있습니다. 바람의 여신이 초대했으니 오롯이 한나절의 축제를 즐기고 있습니다. 붓과 스케치북도, 연필과 원고지도 잠시 놓아두고 거리에 나와 놀고 있습니다. 맹목적이던 종이 밖을 나와 볕도 쬐고, 막걸리도 마시고 있습니다. 건들건들 춤도 추면서 바람에게 몸을 맡기고 있습니다.

바람이 몸 안을 헹굴 때마다 마음이 비워지고 있습니다. 낯선 귀덕 마을 안의 모퉁이를 돌 때마다 팽나무들의 모습에 눈이 커집니다. 셔터 대신 눈을 깜빡이느라 다금바리가 머리 위에서 기우뚱거립니다. 무지개 비늘이 아이들 손 안의 사탕처럼 사방에 번지기도 합니다. 우리는 호동그란 눈을 가진 고양이처럼 돌담에 바짝 붙어 서보기도 합니다. 딸을 앞세우고 마을을 돌고 있는 바람의 여신은 느리게 들썩입니다. 소원쪽지를 실은 배방선은 여신의 치맛단에서 팔랑거리고 있습니다. 영등할머니의 모형과 딸의 모형을 뒤따라오는 어진 어른들과 아이들과 이방인과 외눈박이들에게 바람의 말이 들려옵니다.

"재능은 덕을 이길 수 없다오."

마을의 신목인 팽나무 앞에서 바람의 여신은 멈춰 나무를 어루만집니다. 바람의 여신이 늙은 우주목을 어루만지면 꽃씨는 나무에게서 생겨나겠지요. 바람의 여신이 지나간 자리마다 꽃들이 피어나겠지요. 꽃길을 걷는 사람들에게 덕이 생겨나면 집으로 돌아가 꽃등을 매달고 저녁 밥상을 차리겠지요. 떠돌이 행성만 다니던 외눈박이들에게 밥을 먹이고 자애로운 눈빛으로 눈을 맞춰주겠지요. 이불을 덮어주고 오랜만에 불면을 잊은 단잠을 재워주겠지요. 스스럼없는 환대는 어머니의 태내에서 듣던 심장박동 소리를 찾아주겠지요. 바람이 나무를 읽어주고 나무는 바람의 문장을 적듯이 지음의 덕을 입은 외눈박이와 외눈박이는 두 눈을 갖게 되겠지요. 바람의 여신이 딸을 데리고 왔네요. 어머니를 따라하는 어린 여신이 나이든 나무를 어루만지고 앙상한 가지를 문지릅니다. 양팔로 어깨를 감싸고 등을 쓸어줍니다.

"마음이 젊으면 언제나 청춘이라오. 첫 마음을 잃지 말자고요."

보이지 않는 마음과 보이지 않는 영혼을 보는 우주목은 금세 표정이 환해져서 새살이 돋아날 듯합니다. 바람이 드나들도록 길을 내어준 마을에 복이 들겠습니다. 나무를 지음으로 둔 바람은 머리카락을 자르고 좋은 일에 힘을 쓸 듯합니다. 어진이들의 둥근 말빛을 물려받아 둥글어진 말을 쓰는 집안에 덕이 들겠습니다. 달빛 기운을 가진 이월의 첫날, 어머니가 딸을 데리고 왔습니다. 남의 집 며느리로 가서도 바른 도리를 다하라고 당부하십니다. 뾰족한 부리를 자르고 둥근 말빛으로 어루만지라고 하십니다. 그래야 꽃씨가 움튼다고 가르쳐주고 계십니다. 이제 어머니를 따라나선 딸이 우주목 앞에 나가 막걸리를 따라 올립니다. 차고 맵찬 겨울을 견디게 해준 문우지정을 가르쳐주려고 딸을 앞세워 지음을 찾아온 바람의 여신, 영등입니다. 외눈박이로 살지만 외눈박이가 되지 말라고 두 눈을 달아주는 바람과 나무를 만나는 축제입니다. 지란지교가 함께 쓴 문장을 받아 적으며 걷는 귀덕, 바람길입니다.

바람 부는
제주의
오월에는

강풍주의보가 내려진 하루입니다. 〈오즈의 마법사〉에 나오는 회오리 바람은 아니지만 소리를 지르는 바람이 나무를 흔듭니다. 제주의 오월에 부는 바람입니다. 오늘의 바람을 제주 어른들이 미친년 바람이라고 합니다. 혹시나 매실이 떨어지는 건 아닌지 조바심이 납니다. 물끄러미 마당을 바라봅니다. 당신에게 드릴 매실주를 담가야 하는데 여름깃을 달고 온 새와 바람이 가만두지 않습니다. 연애를 하느라 날개깃이 변한 줄도 모르고 매실을 훔쳐내어 애인에게 갖다 주던 새인가 봅니다. 바람과 한 쌍이 되어 화음을 이루는 소리가 시끄럽습니다. 요즘 들어 심해진 새의 구애 소리에 이른 새벽부터 잠이 깹니다. 하필 내 창가에 와서 소란스런 외침으로 잠을 깨우는 것은 나를 향한 심술 같습니다. 어쩌면 이틀이나 꿈속을 다녀가신 당신을 쫓아온 천상족의 여인일지도 모릅니다.

자청비와 문도령이 맺어지기까지 여러 명의 남자와 여자가 상처를 입었습니다. 특히 문도령과 혼인을 약속한 천상족의 여인은 파혼으로 인해 새가 되어버린 슬픈 이야기가 있습니다. 새가 된 여인은 자청비와 문도령의 혼례식과 첫날밤을 방해하며 시끄럽게 훼방을 놓았습니다. 자청비가 남장을 하여 서천꽃밭에서 함께 지내던 여인은 문도령의 여자 친구가 됩니다. 자청비가 그리 맺어준 것입니다. 알 수 없는 사랑의 거미줄이 엉켜있다고 당신은 혀를 내두르시겠지만 자청비는 그런 여자입니다. 제주의 4대 여신 중의 하나인 백주또처럼 남자를 감금하여 학대하다가 버리지는 않습니다.

나래바에 감금된 여장 남자가 감금송을 부르던 개그프로그램이 생각납니다. 나의 남자가 안 된다면 감금을 시켜서 여장남자로 만들어버리는 박 사장의 이야기는 소름 돋는 이야기지만요. 사랑이 과열되면 잘못된 사랑 법으로 상대방의 목을 조를 수도 있습니다. 결혼이란 이름하에 평생 남자를 감금하고 목을 조르는 여자들도 있습니다. 다음에 백주또의 이야기를 해드리겠습니다. 그러니 이방인인 당신이 제주 여자는 모두 자청비와 같을 거란 착각에서 백주또 같은 여자를 만나지 말기를 당부하고 싶어집니다. 딴엔 백주또 같은 여자를 아내로 맞이하려는 남자들도 있습니다. 인생을 저당 잡히고 살림만 하는 여장 남자가 되어 남성성이 퇴화되더라도 밥 먹을 걱정은 하지 않겠다는 남자들 말입니다. 그런 남자는 매력이 없습니다. 연민 또한 구걸해선 안 될 일입니다. 비굴해지기를 자청하는 일이니까요. 남자와 여자가 결혼을 해서 누군가가 한쪽이 수직으로 내려다보며 군림하는 것은 미친바람에게나 줘버릴 일입니다. 곁에서 나란히 손을 내밀며 도와주며 가정을 이루는 부부가 좋습니다.

자청비는 결혼을 하고도 제주에서 농경신이 됩니다. 일 년 중에 반년은 천상에 올라가 문도령을 내조하며 지혜를 발휘하는 아내가 됩니다. 나머지 반년은 제주땅에 내려와 정수남이를 감시하며 농경문화의 리더가 됩니다. 자기 일과 가정 일을 모두 성공적으로 일군 성공신화 덕분에 자청비는 제주의 입춘굿 행사 때 4대 여신 중에 유일하게 사람들의 축복과 절을 받습니다. 합리적인 아내와 여성 리더의 원형을 보여주고 있습니다.

자꾸 꿈속에 다녀가시는 당신, 뒤를 밟으며 따라온 새가 매실을 쪼아서 흉이 지고 있습니다. 떨어지는 매실들 사이로 종일 바람과 함께 새가 시끄럽습니다. 나의 머리채를 흔들고 싶은 마음에서일까요. 바람에게 제 속 얘기를 했는지 종일 창가를 두드리고 있습니다. 이러다가 올해 우리는 매실주 대신 제주 막걸리와 함께 내온 제주 순대와 돔베고기로 대신해야 할 듯합니다. 제주의 잔칫상에 올라오는 두부는 바닷물로 만들어서 단단합니다. 두 사람이 단단해지라는 뜻에서일까요? 두부와 순대 그리고 돔베고기 몇 점을 잔칫상에 올리는 제주의 풍습처럼 술상을 차려도 괜찮겠지요?

제주에
오월의 비가
내릴 때면

제주에 오월의 비가 내립니다. 일기예보를 미리 보고 비가 오는 금요일을 기다렸습니다. 주말을 앞둔 금요일에 비가 온다면 어떨까요? 극적인 설렘을 갖기 위해 궁리하는 저를 당신도 아실 테죠. 공항에서 당신을 마중할 때에도 활공하는 동안 문자로 단서를 몇 개 줘서 저를 발견하게 만드는 것처럼요. '2번 게이트 앞 큰 기둥을 기점으로 하여 왼쪽으로 몸을 돌리시오. 그리고 여섯 기둥 앞에 멈추시오. 오른쪽으로 고개를 돌려 가장 눈에 뛰는 빛을 향해 걸어오시오.' 따위에 당신은 낯선 제주 공항에서 두리번거리기 일쑤입니다. 멀리서 당신의 두리번이 좋아서 입꼬리를 올리는 저는 설렘이 극적으로 부풀기도 합니다. 하지만 비행기의 연착으로 1시간이나 나타나지 않는 당신을 기다릴 때는 성급한 제가 몇 번이나 갸우뚱거린다는 사실을 알고 계신가요. 짐짓 안 그랬다는 듯 몇 번은 진땀을 등 뒤로 숨긴 적도 있습니다.

당신이 무쇠석함을 타고 오거나 동아줄에 매달려 내려오는 천상족인 탓에 섬은 온통 두레박을 기다리는 우물이거나 선녀탕 같습니다. 그 안달이 싫어서 몰래 천상으로 올라갈 때도 있습니다. 그러나 지나치게 많은 사람들과 지하가 없는 곳에서 자란 제가 지하철을 못 타서 헤맬 때는 안달하는 당신이 두리번거립니다. 조그마한 저를 잃어버릴까 봐 몹시 초조한 당신의 모습이 한없이 든든해서 선뜻 '나 여기에 있어요.'라고 손을 흔들어 보이기 싫을 때도 있습니다. 당신이 저를 찾는다는 기쁨이 당신을 기다리다가 검은 돌이 되고 섬이 되어버리는 게 아닌가 하는 슬픔에게 스미는 극적인 순간이기 때문입니다.

육지 사람들(천상족)은 참 이상합니다. 저랑 친분이 그리 많지도 않으면서 섬에 올 때면 저에게 연락을 합니다. 그러면 저는 가이드가 되고 밥집, 숙박, 렌터카 직원처럼 며칠을 바쁘게 지냅니다. 하지만 제가 육지에 갈 때면 아무도 부를 수가 없습니다. 불러도 가이드며 밥집, 숙박을 묻지 못합니다. 또한, 섬에선 제 집에 이방인을 들여 잠을 재우지 않고 숙박을 할 수 있는 곳을 따로 예약을 해둡니다. 하지만 육지 사람들은 제 집의 방을 내어줍니다. 아주 친하지 않으면 제 속살을 보여주지 않는 섬과 다른 풍경에 놀라기도 합니다. 그래서 그랬는지 저는 육지로 나갈 때 누군가에게 연락하는 일은 드뭅니다. 혼자 지도 한 장을 들고 다닙니다. 그랬던 저에게도 궁금하고 만나고 싶은 사람이 생긴 것입니다. 그 누구도 아닌 당신.

당신이 궁금해졌습니다. 청보리 축제가 지나면 탈곡한 보리로 가루를 내어 설탕과 우유에 타서 먹는 오월에 당신이 궁금해졌습니다. 아침에 미숫가루(여기선 '개역'이라 부릅니다.) 한 잔을 마시면 속이 든든합니다. 당신은 아침에 콘프레이크를 먹는다고 했습니다. 청정지역인 섬에서 자란 보리로 갓 빻은 미숫가루를 당신이 마시면 얼마나 좋을까. 혼자만 마시는 미숫가루를 드리고 싶은 마음이 복닥복닥거립니다. 섬에선 여름에 입맛이 없을 때 수박이나 밥에 미숫가루를 넣어 먹기도 합니다. 아버지는 새벽일을 마치고 오시면 낮잠을 주무십니다. 한소끔 끓인 밥처럼 기지개를 켜시는 아버지는 점심으로 수박에 미숫가루를 비벼

드시다가 제게 한입 먹여주시곤 하셨는데. 제가 당신에게 한입을 먹여주고 싶은 마음이 그러합니다.

　마당에서 매실이 노랗게 익어갑니다. 매실청을 담갔다가 삼다수 병에 물과 섞어서 얼려 놓으면 오름을 갈 때 요긴합니다. 오월이 사계절 속에서 곤궁한 보릿고개가 지나가는 길목이라 그런지 풍성한 기운이 돕니다. 보리가 익기 시작하면 보리돔과 함께 올라오는 자리돔엔 노란 기름이 돕니다. 보목리의 굵은 자리돔은 굵은 소금을 귀싸대기 때리듯 뿌려 석쇠에서 구이로 먹기에 안성맞춤입니다. 모슬포의 작고 귀여운 자리돔은 물회를 만들어 먹거나 젓갈을 담기에 좋습니다. 작은 자리 몇 개에 식초와 설탕 그리고 양조간장을 넣어 뼈가 폭삭하도록(연해지도록) 자작자작하게 지지면 머리부터 꼬리까지 다 먹을 수 있는 자리조림이 됩니다. 마늘장아찌나 노란 콩자반을 함께 넣어 조린 조림도 맛있지만 섬사람들이 먹던 옛 맛은 간결하고 담백한 조림입니다. 보리가 익어가면 복분자가 익어가고 중산간 가시덤불에선 상동과 보리탈이 덩달아 익어갑니다. 며느리와 아들에게도 가르쳐 주지 않는 고사리밭만큼 귀한 상동과 보리탈밭을 물려받은 저는 냉동실에 까만 상동과 빨간 보리탈을 숨겨놓았습니다. 크래커와 팥빙수의 레시피로 등장하게 될 보석들입니다. 섬에서 오월이란 눈코 뜰 새 없이 부지런을 떨어야 한다는 뜻입니다. 보세요. 소라 채취도 오월 말이면 끝이랍니다. 금어기가 시작되는 유월부터 구월까지는 용왕님의 아들이라도 바다에서 소라를 잡아선 안 될 일입니다. 그러니 오월에 당신에게 드릴 게 많은 저는 얼마나 조바심이 나겠어요.

정이 넘쳐도 탈이 나고 너무 인색해도 탈이 나는 게 관계라는 걸 알기까지 저는 수많은 실패를 했습니다. 정이 많은 저는 특히 상처가 많습니다. 아니요. 섬의 여자들은 '인정 많고 마음씨 고운 아가씨' 시절을 거치면서 상처를 껴안습니다. 들판과 바다에 먹을 것이 넘쳐나서 나눠주는 것인데 나눠주는 것에도 오해와 질투가 생겨나기 마련입니다. 그래서 검은 봉지에 싸서 주고 무뚝뚝한 표정으로 있다가 몰래 보내곤 합니다. 미리 준다는 약속도 하지 않습니다. 그저 고팡에 쌓아두었다가 기회를 볼 뿐입니다. 자랑 봉태를 만나면 섬은 쑥대밭이 됩니다. 자랑을 잘 하는 허풍쟁이 봉태에게서 나온 속담이 있듯이 자랑을 하고 다니는 사람이 끼어있는 사람살이에서는 특히 자랑쟁이를 조심해야 합니다. 육지 사람들은 가고 나면 그만이지만 붙박이 섬사람들은 죽으나 사나 함께 공동의 운명체 속에 섞여 살아야 하는 까닭입니다. 사람의 욕심은 끝이 없어서 관계 속에서 나눔과 은혜 갚음에 관한 이해보다 배가 아픈 게 먼저입니다. 제주의 오월엔 미숫가루도 노란 기름이 도는 자리돔도, 상동과 보리탈과 소라와 해삼도 검은 봉지에 가려집니다. 있어도 없는 척, 받아도 모른 척 입을 닫아야만 일상이라는 생활을 살 수 있습니다. 옆집 할머니가 저를 어느 날부터 멀리한다면 분명 제가 검은 봉다리를 누군가에게 주다 자랑 봉태에게 걸렸다는 겁니다. 매일 돌우럭과 고사리 한 줌씩 받은 할머니었다 해도 말입니다.

비가 내립니다. 산과 들로 나갔던 사람들이 집 안에서 무언가를 준비하는 하루이겠지요. 멀구슬꽃이 핀 마을 어귀를 바라보기 좋은 날입니다. 찔레꽃이 핀 덤불과 등꽃이 핀 테라스에도 빗방울이 맺히겠습니다. 문자 알림이 울리네요. 제주도 지역에 호우 경보, 강풍주의보가 내려졌습니다. 강풍과 풍랑으로 주의보와 경보가 내려지면 한라산 둘레길, 오름, 올레길 출입을 자제해야 합니다. 너울성 파도로 인해 방파제에서 낚시를 하는 것도 금지해야 합니다. 낮은 지붕이 바람에 날리지 않도록 집들은 납작하게 엎드려야 합니다. 무쇠석함과 동아줄은 당분간 우물과 선녀탕에 내려오지 않을 것입니다.

마우리족에 사는 딸이 다른 부족의 남자를 만나기 위해 바다를 헤엄쳐 갔다는 전설이 있습니다. 용감한 여자애가 사랑을 위해 뛰어든 바다에 폭풍우가 몰려옵니다. 연가라는 노래로 우리의 귀엔 익숙한 노래를 불러봅니다. 저도 당신을 찾아 뛰어들고 싶지만 생각보다 바다가 넓고 깊습니다. 천상족이 아니라 용궁에 들어가 용왕님의 아들을 만날 확률이 높아서 그만두기로 하겠습니다. 무쇠석함(비행기)이 생겨서 얼마나 다행인지 모릅니다. 하지만 당신은 무쇠석함을 타고 가도 만날 수 없는 곳에 계십니다. 관계 속에서 가장 먼 거리는 눈과 마음의 거리라고 해두지요. 당신은 아직 마음의 준비가 되지 않은 채 몇 해 동안 눈을 감고만 있습니다. 눈에서 멀어지면 마음도 멀어져야 하는데 뜬눈으로 잠을 자지 않고 기다려서인지 마음은 항상 당신을 만난 첫, 마음 그대로입니다. 사실은 자청비 때문입니다.

제주에는 4대 천왕보다 더 무서운 4대 여신의 이야기가 있습니다. 그중 한 여신인 자청비는 사랑의 여신입니다. 천상족인 문도령을 찾아 천상까지 찾아간 여신 말입니다. 그 여신이 제주 여자들의 모태 신앙이니 저도 어쩔 수 없나 봅니다. 기다리다 지치면 폭풍의 바다를 건너서라도 찾아 떠나는 수밖에요. 그런데 신기한 이야기가 더 숨어있습니다. 자청비는 문도령과 결혼을 하지만 제주에서 반년을 살고 천상에서 반년을 삽니다.

아이도 갖지 않습니다. 천상족과의 혼혈인 중간계 아이를 낳지 않았습니다. 마치 사랑은 둘만의 사랑 이야기가 중요하다는 듯이요. 해님과 달님처럼 인간 세상에 내려간 어머니가 호랑이에게 재가를 하면서 친부를 찾아 천상에 올라가야 하는 비극이나 선녀와 나무꾼에서처럼 인간 세상에서 아버지가 수탉이 되도록 남겨둔 채 어머니와 천상에서 사는 아이들을 만들지 않으려는 듯이 말이죠. 이런 식으로 동화를 말하며 깔깔대던 우리의 모습이 불현듯 떠오릅니다. 아, 여기선 이런 대화를 나눌 당신 같은 남자가 없습니다. 그래서 오직 당신뿐인가 봅니다.

자청비처럼 찾아갈 용기가 생긴다면 서천꽃밭에서 꽃을 찾아보겠습니다. 네잎 클로버 같은 생명의 꽃을 찾는다면 침묵이 길어지는 당신을 찾아가 보도록 하겠습니다. 두근두근이라는 설렘이 당신에게 스미어 다시 생기가 돈다면 당신은 오월처럼 싱싱하고 건강한 모습으로 무쇠석함을 타고 섬으로 오시겠지요. 제주에 오월의 비가 내립니다. 당신과 자분자분 끝없는 이야기를 나누다가 졸다가 맥주를 마셔도 좋을 한낮입니다. 내일은 마침 주말입니다. 하루 종일 비가 온다는 오월의 주말입니다. 아무 곳에도 가지 않을 테니 조용히 내리는 비처럼 검은 봉지에 담겨 왔으면 좋겠습니다.

당신은 제주의 오월에 내리는 비와 닮았습니다.

1.5

비 내리는 계절의
젖은 편지

작은
기쁨

토요일입니다. 금요일까지 열심히 일을 하느라 게으르지 못한 나는 토요일 새벽을 기다립니다. 밖이 노랗게 변하기 전에 세수도 거른 채 운전대를 잡고 달립니다. 이호 바다 근처인 오도롱 마을에서 한라 수목원까지 달립니다. 아직 사람들이 거리에 나오지 않았군요. 역시 주말의 새벽은 텅 빈 도시를 창문 안에서 바라보는 묘한 대비가 있습니다. 불금을 즐기던 사람들과 대형 마트에 줄을 서는 이제 곧 주말의 한낮 사이의 쉬는 시간 같습니다. 요즘 식당에서 블랙타임이라고 써 붙이듯 도시가 잠시 쉬어가는 시간인 듯합니다. 사람들에게 휴식을 취하는 주말과 휴

일이 있어야 하듯 공간과 시간도 그러한가 봅니다.

한라수목원을 지나 제주 도립미술관이 있는 도깨비 도로에
서부터 천백도로까지 혹은 관음사가 있는 코스의 도로까지는
이 시간대를 절대로 놓치지 마십시오. 자, 음악을 장엄한 클래식
으로 틀 준비가 되셨나요? 훗훗, 혼잣말이 너무 자연스럽게 나
오네요. 가끔 사람들이 이상한 표정을 지을 때가 있습니다. 혼잣
말을 쏟아내는 내가 질문을 던지는 것처럼 보이나 봐요. 나 자
신에게 질문을 하거나 소리 내어 책을 읽던 습관이 저도 모르게
터져 나오는 거라 살짝 얼굴이 붉어지기도 합니다.

점점 해가 떠오르고 있다는 걸 알 수 있는 초원의 빛과 삼나
무 숲 사이의 빛이 한라산을 배경으로 펼쳐집니다. 나무 사이로
목장에는 말과 소들이 풀을 뜯으러 벌써 나와 있습니다. 노루가
덤불숲에서 뛰어다닙니다. 호기심 많은 노루는 자동차 곁으로
다가오기도 합니다. 그러니 차를 느리게 운전해야 합니다. 까마
귀 친구들은 벌써 사냥을 끝냈군요. 입에 물고 있는 뱀 한 마리
가 아직도 꿈틀거립니다. 창문을 열고 달리니 바람이 풀냄새와
함께 내 몸을 휘감습니다. 신장 위구르에 갔을 때 맞았던 바람
을 잊을 수 없던 나는 이 바람이 그 바람인가? 너는 그때의 바

람이니? 혼잣말로 바람에게 묻습니다. 음악을 크게 틀면 늦잠을 자는 초원의 동물들이 깰까 봐서 볼륨을 줄입니다. 줄인다고는 하지만, 집에서는 감히 들을 수 없는 음량입니다. 아, 이 순간의 음악회를 위해 주말 새벽과 아침 사이를 기다렸나 봅니다. 비가 오면 비 내리는 초록의 초원에서, 눈이 오면 눈이 내린 후 사흘 지나 눈꽃 무더기의 산과 오름 앞에서 음악을 듣습니다. 보온병에 넣어 온 커피와 달달한 쿠키를 먹으며 말이지요. 이 게으른 주말은 나의 기쁨, 나의 삶에서 가장 중요한 시간입니다. 자연에게 추방당한 인간으로 사는 주중의 시간들이 서러워, 주말에 집에 일이 있다는 핑계를 대며 혼자 머무는 집과도 같습니다.

핑계가 늘어갑니다. 집안에 경조사가 늘고, 바쁘다는 말로 거절하는 만남이 많아졌습니다. 핑계는 나에게 작은 기쁨을 가져다줍니다. 소소하지만 느린 행복이 커져갑니다. 쓸데없이 수다스러운 여자들이 전화를 걸어오면 제사를 핑계로 들기도 합니다. 필시 그녀들은 시댁 흉을 보기 위해 전화를 걸었을 테니까요. 술을 마시자는 남자 어른들의 전화가 올 때면 원고 마감이라고 합니다. 원고 마감은 그분들에게도 머리를 쥐어짜야 하는 시간들일 테니까요. 귀여운 제자들의 전화나 문자가 오면 사랑스러워서 발을 동동 구릅니다. 어쩔 수 없는 제자 바보 같으니라고.

　시간을 모아서 틈만 나면 걷고, 드라이브를 즐기는 동안 나는 나를 사랑하는 시간을 되찾고 있습니다. 이타적인 삶을 살도록 강요받는 세계에서 나를 위해 살기는 점점 힘들어지니까요. 이기적이라는 말을 사람들은 가장 듣기 싫어합니다. 언제부터 우리는 이기적이라는 말을 싫어하도록 강요받았을까요. 공동체와 타인을 위한 배려, 가족과 아들을 위한 어머니와 딸의 헌신은 제주섬을 단단하게 만들었습니다. 하지만, 역효과도 낳았습니다. 아직도 딸을 낳으면 타인을 위한 노동의 제단에 바치려는 의식이 섬을 지배합니다. 아들은 고기밥이 되거나 역사의 소용돌이 속에서 죽음을 맞을 수 있으니 귀하게 모십니다. 그러한 폐단이 아직도 남아있습니다. 한량인 남자들이 주중과 주말을 구별 없이 시간을 쓰는 동안 여자들은 자신을 고통으로 내몰고 있습니다. 24시간이 모자란 여자들은 나에게 게으른 배짱이라고 수군거립니다. 이기적인 못된 여자라고 여자들이 나에게 말합니다.

　나는 내가 이기적이라고 말하면서 타인이 강요하는 이타와 과도한 노동 시간에서 해방되었습니다. 그들은 노동에 비해 가진 게 하나도 없습니다. 늘 남편과 아들을 위해 헌신했다는 말로 보상을 받으려 합니다. 아까운 재능을 헌신을 위해 소멸시키고는

"너는 남자를 잘 만나서 그래. 너는 복을 타고 나서 그런 것 같아."

그녀들은 젊은 시절, 희생과 베풂에 관한 칭찬을 얻기 위해 밑 빠진 곳간에 곡식을 쌓았습니다. 똑똑한 학창시절의 장학금과 재능은 결혼 이후 소멸되고 말았습니다. 탕진한 곳간과 가슴에 화병이 쌓인 중년 이후 그녀들의 탄식은 똑같습니다. 그리고 갑자기 생긴 많은 시간을 어찌 써야 할지 몰라 무리를 만들어 수다를 떠는 것으로 위안을 삼습니다. 그리고 이내 짝을 지어 싸우고, 흉보고, 다시 어울리려고 과도한 경조사 부조와 모임 비용을 벌려고 늙도록 밭에 가서 일하는 할머니가 되어버립니다. 아, 정말 혼자만의 시간을 가져본 적 없어서 혼자의 고독과 낭만이 얼마나 풍요롭고 즐거운지를 모르는 이타적인 사람들의 말년입니다. 예쁜 색색의 옷을 입고 음악에 맞춰 춤을 추며 정원을 가꾸는 할머니가 되면 큰일날 것처럼 말이지요.

나는 작은 기쁨을 위해 이기적이라는 말을 사랑하기로 했습니다. 지금 보지 않으면 놓칠 현재의 풍경 앞에서 마시는 커피

한잔과 음악, 현재 쓰지 않으면 후회할 젊음의 문장과 성찰의 글들을 결코 놓치고 싶지 않습니다. 그리고 당신을 그리워할 수 있는 지금의 감정들과 열망 또한 지금 이 순간이 지나면 장담할 수 없을 테니까요. 과거에 매달려 후회하거나 미래를 염려하며 지금을 즐기지 못하는 어리석음이 싫습니다. 미래가 없다는 듯 지금을 미친 듯이 소모하는 광년이도 싫습니다. 나는 적당히 소소하지만 웅장한 음악이 초원의 아침을 시작하는 이 순간의 자연 속에서 기쁨을 누리기로 작정했습니다. 자연의 품으로 돌아와 민낯으로 빛과 바람을 맞는 사계절이 나를 사랑하는 동안 일어나는 일이니까요. 최고의 순간일 테지요.

우는
남자

당신께 말씀 드렸나요?

당신을 만나기 전부터 내게는 남자친구가 두 명이나 있었습니다. '세상은 다 그런 거야.'의 초월주의적인 나쁜 남자와 나의 가시와 변덕과 새침함을 알면서도 모른 척 감싸주는 보호자형 남자가 있습니다.

중학교 2학년 때 처음 만난 그들은 지금까지도 내게 독보적인 존재입니다. 유혹하는 늑대들이 맞습니다. 첫 번째 만난 남자인 데미안은 현실과 상징을 다 가진 남자랄까. 남자를 고를 때 데미안이 기준이 된 것은 어쩌면 불행의 시작인지도 모르겠습니다. 현실에서 그와 흡사한 남자를 만나기는 어려웠으니까요. 싱클레어는 베아트리체와 에바 부인이 있었지만 데미안에겐 여자가 없었습니다. 그래서 그의 취향도 모르겠습니다. 카인을 지지하는 논리와 박식함에 놀라고, 천재적인 두뇌에 놀라고, 세상의 뉴스에도 걱정과 불안은커녕 무관심으로 일관한 초월적인 태도에 반해버렸습니다.

다른 한 명의 남자는 어린왕자입니다. 이제는 연하가 되어버린 소년, 어린왕자는 늘 나의 바람막이로 위험요소를 제거하고 물을 주며 가꿔주었습니다. 장미가 된 것처럼 왕자의 보살핌이 좋았습니다. 단순한 생활 패턴과 사색, 별 청소를 부지런히 해주는 어린 남자. 지구로 떠났어도 다시 돌아올 줄 아는 남자, 어른이 되어도 어린 순수를 지닌 한결같은 남자, 그런 남자에게 어찌 반하지 않겠습니까.

그 외엔 남자라곤 낚시하는 노인들이나 수도승들뿐이었습니다. 그러니, 실질적으로 내가 만날 수 있던 내 또래의 남자는 두 명이 전부였던 셈입니다. 싱클레어는 내 스타일이 아니므로 언제나 내가 혀를 차며 무시했습니다. 그런데 대부분의 남자들이 거의 싱클레어 같은 모습들이더군요. 혀를 찰 수밖에, 발로 찰 수밖에요.

두 남자의 공통점은 말이 없다는 것과 바쁘지 않다는 것입니다. 자신만의 사색의 시간을 확보한, 사람을 꿰뚫어보는 능력자들입니다. 그런데 나를 만나면 울고 있습니다. 엉엉 소리 내어 울거나 술을 마셔서 우는 게 아니라, 그냥 온몸으로 우는 것입니다. 옆에 있으면 우는 게 느껴져서 도저히 발로 찰 수가 없습니다. 뭐가 그리 슬픈지 늘 스펀지 같습니다. 해맑은 소년의 모습을 하고 있는데도 말입니다.

그렇습니다. 나는 만나면 말이 없는 남자, 일 년 내내 떨어져 있는 남자를 좋아합니다. 떨어져 있는 동안 그리워하는 시간과 감정의 상태를 사랑합니다. 사계절에 한 번씩 만나면 온몸으로 울고 있는 그를 느끼고 있는 내 감정의 상태를 사랑합니다. 연민과 궁금증을 동시에 불러일으키는 말없는 옆자리의 슬픔. 그 슬픔이 오래도록 나를 그 어떤 남자도 만날 수 없게 만들었습니다. 유혹하는 늑대들은 뭐가 달라도 달랐습니다. 그렇다면 나는 두 남자를 현실에서 만났을까요…….

그렇습니다.

두 남자는 현실에 존재했습니다.

어린 두 남자와 헤어지면 새로운 청년의 두 남자가 왔습니다. 청년이 가고 나면, 어른이 된 두 남자가 왔습니다. 낯선 이방인인 그들의 표식은 내게서 사라지지 않았습니다. 많은 사람

속에서 발견하는 우리만의 암호 같은 표식이 그들에겐 있었습니다. 양쪽 발에 매달려 우는 남자가 양 날개가 되어 우는 남자가 되었습니다. 겨울에도 피어나고 밤에도 피어나는 장미로 살게 하는 나쁜 남자 데미안과 나를 보호해주는 어린왕자. 내 문장의 주인공들입니다. 맞습니다. 당신이 알고 있는 그들입니다.

나는
당신의 최고가
되고 싶습니다

당신은 내가 자랑이라서 어디에서건 입이 근질거렸으면 좋겠습니다. 책의 문장 속에서도 나를 발견하고, 세상의 모든 노래 속에서도 나를 떠올리면 좋겠습니다. 퇴근길 서녘 하늘에서 구름이 붉어지는 때에 맞춰 당신의 얼굴과 가슴 또한 붉게 물든다면 나의 시와 이야기들은 행복할 것입니다.

나는 오늘도 제주의 아침을 맞이했습니다. 밤하늘에 전구 같은 달이 떠오를 때까지 제주의 일상을 살고 있을 겁니다. 하지만 습관처럼 살지 않으리라, 탄식하는 삶 쪽으로 내 생의 절반을 몰아가지 않으리라 다짐합니다. 다짐을 하는 까닭이 당신에게 있기 때문입니다. 제주에서 살아보지 못한 당신을 위해 감정의 리듬을 조절합니다. 그리고 제주의 낯빛과 아름다움을 찾아 감각의 날을 세웁니다. 당신에게 선물하기 위해 어제와 다른 보통의 일상을 글로 기록하면서 나는 나의 제주를 바라보기 시작했습니다. 너무 당연하고 평범한 내 삶이 특별해지기 시작했습니다. 밤거리를 걷는 동안의 풍경도 새롭고, 달의 주기 따라 바다의 물때가 변하는 바닷가의 산책도 새롭습니다. 나의 물때를 기다리며 차를 마시거나 침묵하는 지금의 생활이 결코 외롭거나 불안하지 않습니다. 뮤즈는 달의 주기와 같아서, 혹은 행복과 불행의 주기와 다를 바 없다는 걸 알고 있는 까닭입니다.

젊고 싱싱한 한때가 영원하리라 생각하던 이십 대에는 시를 쓰는 게 별것 아니라는 생각을 품기도 했습니다. 뮤즈는 도처에서 자신을 선택해달라고 아우성이고, 시를 쓰지 않아도 하고 싶은 게 많았기에 다른 곳에 열심히 한눈을 팔며 지내기도 했습니다. 많은 돈이 필요하지 않았고, 가족과 학교에서 해방이 된 자유만이 나의 날개가 되어주었던 때입니다. 하지만 지금은 내 곁에 남아준 시가 얼마나 소중하고 값진 보물인지 알 것만 같습니다. 뮤즈는 소리 없이 찾아와 머물다가 인사도 없이 떠나버리는 방랑자라는 사실도 깨닫습니다. 문을 열고 기다리는 수밖에 없다는 사실과 함께 낚싯대를 드리웁니다. 생각의 줄을 한없이 풀어놓고 빈 낚싯대만 거두고 돌아오는 날들도 있고, 팽팽하게 줄을 잡아당기며 몇 시간을 사각형의 칸들을 바라보며 보낸 적도 있습니다. 하지만 포기할 수 없습니다.

이제껏 가졌던 모든 순간과 모든 것이 사라지고 말았습니다. 시간이 영원을 허락하지 않을 때의 절망과 황금기가 과거에만 매달리지 않는다는 확신 앞에서의 희망을 품은 인생을 나는 살고 있으니까요. 시와 이야기들만이 기록처럼 나의 흔적을 간직하고 있습니다. 다행입니다. 나의 지난날이 담겨있는 자화상들이 시 속에 남아있다는 안도감, 그리고 부끄러워집니다. 당신에게 최고의 시를 선물하고 싶다는 생각이 왜 이제야 들었을까요. 나의 십 대와 이십 대 그리고 삼십 대에는 왜 당신이 없었을까요. 당신은 늘 내 곁에서 뮤즈가 되어주었을 텐데 말입니다. 눈이 있어도 앞을 보지 못하여 장님이었던 나는 당신께 머리를 조아립니다. 매달립니다. 장님의 가문에서 태어나 장님들을 흉내내느라 나의 두 눈이 멀쩡하다는 사실을 잊고 말았습니다. 나의 눈으로 바라보는 세상을 쓰기 위해 하루에도 몇 번씩 눈을 깜박입니다. 두 눈으로 바라보는 세상을 진짜 세상이라고 스스로 깨닫기 위해 침묵하는 동안 내면의 가락을 듣습니다. 단조의 슬픔이 나의 시에도 스미어 물이 오르고 차오르길 고대합니다. 그리고 나를 자연스럽게 흐르도록 내버려두고 있습니다.

마음의 리듬이 단조를 즐기고 생활이 정갈해져서일까요. 생활이 새롭게 보입니다. 절기와 계절마다 바람이 매일 달라지는 것을 느낍니다. 구름의 색과 별의 밝기도 달라지는 하늘을 볼 수 있게 되었습니다. 가면을 쓴 사람들 앞에서 가면을 함께 쓰고 웃던 날들이 그립거나, 가면놀이가 목표가 되지 않는 지금의 민낯이 좋습니다. 맨 얼굴과 소박한 옷차림의 내가 거리를 걸으며 물끄러미 바라보는 창문 안의 풍경조차 나를 감동시킵니다. 거리를 쓸고 있는 청소부와 무거운 택배를 들고 계단을 오르내리는 기사들의 모습을 바라보며 땀 흘리는 손과 발을 그려보기도 합니다. 땀이 얼굴과 목과 등줄기를 타고 내리던 열심들이 나의 유년시절을 풍요롭게 했습니다. 농부와 해녀와 공동체의 테두리 안에서 살았으니 땀범벅은 아무렇지도 않은 민낯이었습니다.

그러나 어른이 된 지금은 컴퓨터의 자판과 전광판과 자동차 그리고 학교와 학원이 나의 일상이 되어버렸습니다. 그런 일상을 의식하지도 않으면서 시를 쓰겠다고 머리를 싸매고 남들이 쏟아내는 말의 유희 앞에서 감탄하며 좌절했습니다. 유명잡지에 실린 기호 같고 횡설수설에 가까운 시들이 진짜 시라는 듯 나를 혼란에 빠뜨리기도 했습니다. 달콤한 사탕과 방부제가 들어있어 개미떼를 쫓는 개미가 되어버리기도 했습니다. 꿀만 빨아들이는 벌떼를 쫓아 욕망이 부풀기도 했습니다. 책 한 권 속의 단어를 주워모아 조립한 시들을 읽으며 신세계라고 착각하며 절망하던 나에게 당신이 찾아온 것입니다. 당신의 질문이 나를 돌려세운 겁니다. 당신이 내게 하는 질문은 온통 제주에 관한 것이었습니다. 응당 그러했겠지만, 사실 나는 나에게 놀라고 말했습니다. 제주에서 태어나고 자라고 지금껏 제주를 떠나본 적이 없는데도 아무것도 모르고 있다니요. 나는 장님처럼 나와 나의 세계를 모르고 있었습니다. 나에게도 나만의 풍이 있다는 걸 몰랐습니다. 나만의 감수성과 모어가 일러준 가락 말입니다. 제주의 소금기가 키워낸 시와 이야기가 있다는 걸 알고 있었으나 일상 속의 평범이라 가치를 몰랐습니다. 육지 사람과 다른 제주 토박이만이 알 수 있는 섬의 청초 말입니다. 상징이자 계시 같은 음성이 제주 사람들에게는 들립니다. 초자연적인 신성을 말한들 믿기나 하겠습니까. 그러니 '통하다'라는 감전은 아무하고나 되는 게 아닌 듯합니다. 어머니의 탯줄과 연결된 태내의 말을 들은 자들만이 알 수 있는 바람과 하늘과 초원이 있을 뿐입니다. 건축미와 서정미가 다르듯 아둔한 시인일 때는 보석보다 굴풋한 심상을 쓰는 데 급급하니까요.

당신의 질문이 좋아서 제주의 모든 것에 관심이 생겼습니다. 편의점과 레스토랑과 와인의 맛을 사랑하던 나는 우영팟과 발효가 잘 된 향토 음식에 관심이 생겼습니다. 마을 어귀의 돌하르방과 제주의 제철 과일과 사계절 속의 모든 제주를 위해 감정의 리듬을 바꾸기 시작했습니다. 맙소사, 나의 세상이 신화 속 같은 판타지였다니요. 당신이 질문을 했을 뿐인데, 나에게는 보통의 일상이 특별한 글감이 되고 보물찾기를 하는 내일이 되었습니다. 틈만 나면 초원과 바다와 오름을 오르며 당신을 위한 시를 쓰고 있습니다. 제주의 이야기를 듣고 있습니다. 내가 전하는 천일야화를 듣다가 당신이 제주와 사랑에 빠지면 좋겠습니다. 당신이 나와 함께 보물섬을 탐험하며 시를 짓고, 이야기를 쓰는 황금기가 반평생의 덤으로 주어진다면 좋겠습니다.

당신의 최고가 되고 싶어 안달인 나는 오늘도 제주에서 돌과 바람과 바다를 바라봅니다. 문장으로 옮기는 이 순간, 어떠한 절망과 무기력도 나에게 탄식의 유혹이 되지 못할 것입니다. 당신이 질문을 하기 위해서, 나의 뮤즈로 돌아오고 있다는 기시감이 생깁니다. 나 또한 당신의 뮤즈가 되어 새로운 질문이 탄생되기를 고대하는 순간이 오고 있습니다.

자랑이 되고 싶습니다. 나의 시와 문장이 당신의 질문을 웃돌아 자랑이 될 수 있게 나는 나에게 다가온 오늘의 제주를 사랑하는 중입니다.

괜찮아요

이제 막 뜨고 있는 소설가의 강연을 들은 적이 있습니다. 1시간 30분이라는 강연 시간을 약속 잡고 온 그녀는 30분 분량의 원고를 노트북을 보면서 읽었습니다. 그녀는 제주에서 꽤나 신뢰도가 높은 도서관 행사에 초청되어 왔습니다. 그녀는 자신의 독서 스타일을 들려주었습니다. 신인치곤 제법 여러 상을 탔습니다. 그녀의 작품들은 젊은 감각으로 요즘 젊은 사람들의 신변잡기를 썼으니 가볍게 읽혔습니다. 중학생 제자들이 틀어 놓는 음악처럼요.

그런 그녀가 1시간을 질문 받는 시간으로 때우겠다는 것입니다. 그동안 풍문으로 듣던 그녀가 강연 요청을 거절한다는 신비로움에 호기심이 생겼고, 그런 와중에 제주에서 강연이라니요.

그런 그녀는 소설 말고는 잡글을 쓰지 않는다고 했습니다. 이유는 이사를 다닐 때 책을 버리는데, 에세이와 잡지를 버리게 되더라는 것입니다. 버려지는 에세이를 써서 뭐하냐는 생각으로 소설 이외의 글은 쓰지 않는다고 했습니다. 문단의 라인도 없고 그저 한 명의 소설가와 알고 지낼 뿐이라고 했습니다. 자신의 실력으로 당당하게 올라간다는 말을 돌려서 한 것입니다. 멋지지 않습니까. 요즘 세대의 작가라서 그런가. 쿨하고 시크한 게 마음에 들었습니다. 하지만 점차, 강연자의 모습에서는 지루한 시간을 대충 보내려는 표정이 드러나는 게 역력했습니다. 요즘 내가 즐겨 읽는 소설을 쓰는 소설가가 제주에 드디어 강연을 왔다며 당신에게 자랑의 문자를 보낸 후였습니다. 당신은 답이 없었습니다. 질투인가? 당신을 오해하면서 말입니다. 나는 조용히 사인을 받으며 그녀에게 물었습니다.

"알고 지낸다는 소설가 한 명이 누구인지 말해줄 수 있나요?"

그녀는 내게 조용히 말해주더군요. 당신의 이름이 아니더군요. 혹시나 하던 나의 기대와 의혹이 사라져버렸습니다. 그리고 그녀를 잊어버리고 있었습니다. 어찌된 일인지, 그 후로도 그녀는 상을 탔고 신간을 냈지만, 더 이상 책을 구입하지 않았습니다. 읽지도 않았습니다. 왜 그랬는지 이유를 나 자신도 몰랐으니까요.

몇 해가 지나고, 대문호들의 에세이들을 읽으면서 깨닫게 되었습니다. 내가 그녀의 소설을 더 이상 읽지 않는 이유를 말입니다. 그녀는 소설이 뭔지 모르는 그저 만들어진 기획 상품처럼 느껴진 것입니다. 소속사에서 만들어진 아이돌처럼, 일회용품 같다는 느낌이랄까. 그러니 그녀는 자신의 이야기를 쓸 수 없던 것입니다. 소설가가 되어가는 과정도 없이 상을 받는 행운이 따랐지만, 뭔가 결여된 느낌을 지울 수 없던 것입니다. 편의점에 납품하는 인스턴트 같은 소설을 쓰면서도 독자들에게 무례하게 굴었던 것입니다. 제주까지 와서는 강연을 30분 만에 해치우고 독자가 바라보는데도 졸린 듯 시간을 때우는 모습으로 말이지요. 변방에 살아도 소설을 탐닉하며 온 생을 살고 있는 독자가 있다는 사실을 염두에 두지 않고 말입니다. 순수 독자를 깔본 것입니다. 당신처럼 대가들도 겸손하고 진지하게 2시간을 채우며 독자를 귀하게 여기는데 말입니다.

요즘, 신세대 소설가들이 당신을 슬프게 했을 거란 생각이 불현듯 들었습니다. 귀엽다, 귀엽다고 해주니 무릎 위에 앉아 수염을 뽑는 격입니다. 당신에게 언젠가 말한 적이 있었지요. 한글이 전 세계적으로 우수한 문자가 된 것은 해례본이 있기 때문이라고요. 대문호들의 에세이가 있었기에 그들의 작품이 더 잘 이해되고 값지다는 걸 그녀는 왜 몰랐을까요. 작품보다 그들의 에세이를 이삿짐에서 잃어버리지 않으려는 문청들과 독자들의 마음을 왜 몰랐을까요. 나는 소설가가 되든 다른 삶을 살게 되든 거장들의 삶을 본받고 싶습니다. 거장들은 에세이를 통해 삶의 지혜와 이야기를 들려줍니다. 등불을 들고 나침판을 든 선구자 같습니다. 작품은 당시의 나를 관통하는 세계를 쓰면 되지만, 작가가 되어가는 지혜는 아무나 가르쳐주지 않습니다. 부모의 삶과 작가의 삶이 다르기에 그들의 에세이에 의지할 수밖에 없습니다. 문하생이 없고, 스승이 없는 변방에서 오직 의지할 것은 그들의 에세이뿐입니다. 한 획을 그은 거장들의 에세이에는 삶의 진솔함이 묻어있습니다.

그녀가 운이 좋아 계속 소설을 쓴다면 좋겠습니다. 운이 더욱 좋다면 당신처럼 에세이를 통해서 자신의 이야기를 들려주는 소설가가 된다면 좋겠습니다. 진짜 소설가가 된 그녀의 작품을 기대하며 읽어볼 수도 있겠습니다.

대정
몽생이

산방산과 한라산이 보이는 가파리의 아침입니다. 태평양의
바람이 바다 위를 날아와서 섬을 깨우면 아침 산책을 하러 나
갑니다. 벌써 핑크빛 하늘이 옅은 푸른빛으로 바뀌고 있습니다.
섬의 테두리를 느린 걸음으로 걸으면 40분 남짓 걸리는 까닭에
케이크를 조각내듯이 가로지르며 걷기도 합니다.

아침 해가 뜨는 바다로 출항하는 배들을 향해 손을 흔들어
봅니다. 부지런한 섬사람들은 밤새 먼바다에서 갈치와 오징어
를 낚고, 그물에 걸린 전복과 소라를 떼어내었을 것입니다. 다
른 어종을 잡기 위해 아침에 출항하는 배들을 위해 바닷길을 열

어두고, 해녀들의 물때에 맞춰 조업일지를 쓰는지도 모릅니다. 바다 일을 미리 서두른 까닭에 오늘은 보리밭에 들어 밭갈쇠 대신 트랙터로 밭을 정비할지도 모릅니다. 잠시도 쉬는 시간을 만들지 않는 섬입니다. 섬 전체가 온통 보리 물결과 해바라기 그리고 코스모스입니다. 어떻게 섬 전체를 꽃과 보리밥을 담은 그릇으로 만들 수 있을까요.

당신은 도시에서 일 중독자처럼 살다가 혼자 낚시를 하러 떠나버립니다. 일과 쉬는 시간을 분리하는 당신은 친구들을 만나 술을 마시거나 무리를 지어다니지 않습니다. 낚시대를 메고 이곳, 가파리로 떠나버립니다. 혼자만의 시간을 오직 혼자만 쓰는 시간에 당신이 있습니다. 동호회나 친구들을 이끌고 가는 낚시나 밤배를 타고 떠나 전동 낚싯대를 드리우는 일은 당신과 어울리지 않습니다. 오직 혼자 승부를 거는 낚시입니다.

당신이 진정될 즈음, 나는 당신이 기거하는 단출한 민박집으로 찾아갑니다. 그리곤 나도 당신처럼 혼자만의 시간을 즐깁니다. 산책하고, 책 읽다가, 까무룩 잠들다가, 글을 쓰다가, 당신이 잡은 고기와 소주를 마십니다. 스스로의 속도를 가지고 평온을 즐기는 자연처럼 나 자체를 즐기는 소풍놀이를 하는 중입니다.

무리를 이루고 경쟁하듯 혹은 할당량을 채우듯 경쟁하는 것을 싫어하는 까닭입니다. 우리의 젊은 날은 쓸데없는 경쟁과 포상금에 휩쓸려 무리들과 합류했습니다. 탐욕과 쓰러진 자들을 비웃는 경쟁 사회에서 우리의 젊음을 탕진한 어리석음을 언제까지 이어갈 것인가 스스로에게 묻는 순간, 당신과 나는 이곳을 찾아왔습니다. 매일 걷고, 매일 낚시하고, 매일 버리고, 매일 식단을 조절하며 가볍게 자신의 영혼과 몸을 바꾸는 날들을 보내느라 몇 달이 흘렀는지 모릅니다.

그저 낚시가 좋아서 잡은 고기를 팔지 않습니다. 자랑도 없고, 호언도 없습니다. 그러는 당신을 따라 그저 글을 쓰는 게 좋아서 평가와 유행을 신경 쓰지 않습니다. 손끝에 몰리는 에너지만이 충만합니다. 시계가 없는 섬에서 어린아이처럼 웃는 당신과 나는 무한으로 가는 방법을 알고 있습니다.

가파리에서 본섬의 대정읍이 보입니다. 경계에는 나의 고향인 사계리가 보입니다. 민란의 진원지인 대정읍과 백조일손묘가 있는 사계리입니다. 해군기지를 건설하겠다고 했을 때 사계리의 사람들은 민란의 주인공들처럼 모두 봉기하였습니다. 몇 해를 목숨 걸고 싸우는 것을 보고 자랐습니다. 정치범들이 유배를 와서 절해고도의 변방 사람들을 변화시켰습니다. 사상교육을 시키고 글을 가르친 덕분에 '대정 몽생이'라고 불렸습니다. 누가 그렇게 불렀을까요?

벼슬아치들은 대정 사람들의 반골 기질과 경계하려는 말투가 거슬려서 그렇게 부른 것입니다. 무리를 지어 백성을 속이고 이용해먹던 벼슬아치처럼 육지에서 온 사기꾼과 모략꾼들은 대정 몽생이들에게 혼쭐이 났습니다. 종교도 예외는 아니었습니다. 그래서인지 대정 몽생이 기질과 백조 일손의 피가 내 안에서 뜨거워지는 걸 참지 못하면 반골의 기질이 드러나곤 했습니다. 제주의 여자 중에 대정 몽생이와 바람코지의 여자는 장두의 기질이 있습니다.

당신은 나의 울분을 가만히 끌어안습니다. 그리고 침묵의 섬으로 데려오곤 했습니다. 수도자 기질을 가진 당신으로 하여 울분도 덧없음을 알게 되었습니다. 《노인과 바다》를 쓰던 헤밍웨이와 정원에서 혼자 철저한 고독을 누리면서 《데미안》을 쓰던 헤르만 헤세가 있는데, 나는 왜 대정 몽생이 소리를 들으며 무리 속에 숨어 토악질을 일삼는 작가들을 동경하는가. 위대한 작가일 것이라고 착각한 나의 아둔과 '껍데기는 가라'고 외치지 못한 변방의 주눅이 내게 찌꺼기로 남은 탓이라고 나를 일깨웠습니다.

당신과 섬을 산책하며 달의 기운을 받는 태평양의 한가운데에서 시간의 주인은 내가 되었습니다. 지나친 강박과 이타적인 몹쓸 위선도 버렸습니다. 자신의 시간을 다 쓸 수 있는 주인만이 너그럽게 타인을 원망하지 않게 된다는 걸 섬 속의 섬에 들어와서야 알게 되었습니다. 매일이 휴식 같아 에너지가 넘쳐납니다. 민낯을 가져도 행복하고 짜릿한 호감으로 석양 속에서 달을 찾을 수 있게 되었습니다.

당신은 도시에서 살아가는 방법을 터득하셨군요. 그래서 함께 살아가려고 나를 이곳 가파리로 부르신 겁니다. 하루 종일 바다에서 낚싯대를 드리우고, 바다만 바라보는 당신과 산책만 하는 나는 각자의 물때를 발견하는 지혜자로 남았습니다. 섬 앞의 섬에 불이 켜집니다. 사람의 집들이 등을 켜는 밤이면 바다로 나간 배들이 불을 밝히고 반딧불이와 별들이 반짝일 것입니다. 자유로워진 당신과 나의 텅 빈 충만 속에 시간을 모두 쓸 수 있는 마스터키가 반짝이고 있습니다.

"춘향을 만나러 간 이몽룡의 마패에 그려진 말이 대정 몽생이가 아닐까요?"

밤배를 바라보며 아재 개그를 하는 당신의 어깨에 살포시 별이 내려와 스르르 잠이 들었습니다.

탐욕과 쓰러진 자들을 비웃는 경쟁 사회에서
우리의 젊음을 탕진한 어리석음을
언제까지 이어갈 것인가 스스로에게 묻는 순간,
당신과 나는 이곳을 찾아왔습니다.

삼다와
삼무

'도둑 없고 대문 없고, 거지도 없는~'이라는 동요를 부르던 초등학교 시절이 있었습니다. 제주의 초등학교에는 제주말과 제주 동요를 가르쳐주는 선생님들이 계십니다. 나는 운이 좋게도 국어와 음악을 전공한 담임 선생님을 만나는 학창시절을 보냈습니다. 그래서였는지, 책과 노래를 자연스럽게 주변에 두고 사는 어른으로 성장하게 되었습니다.

제주에는 삼다와 삼무의 정신이 내려옵니다. 삼다는 여자, 돌, 바람이 많다는 뜻을 지녔고, 삼무는 도둑, 거지, 대문이 없다는 뜻입니다. 이러한 내용을 담은 동요를 어릴 적부터 불러왔습니다. 어느 날, 당신 앞에서 저도 모르게 입에서 흘러나오던 동요 속에는 제주를 알 수 있는 열쇠가 숨겨져 있었지만 사실, 제목들은 아득합니다.

삼다라 부르는 제주에는 여자와 돌과 바람이 많습니다. 예전에 비해 남자들이 많이 늘어났지만, 여전히 경제 활동을 하는 여자들이 많습니다. 제주의 여자들이 강인하고 억척스러워서 사회활동을 많이 한다기보다, 역사적 환경이 여자들을 그렇게 만든 것입니다. 제주에는 많은 남자들이 어로 활동을 하면서 풍랑으로 생을 마감했습니다. 말, 해산물, 귤의 공납과 더불어 부역의 짐을 진 남자들이 제주 땅을 버리고 달아났습니다. 그래서 한때 제주는 여자의 숫자가 남자의 숫자를 웃돌아 세 배 가까운 적이 있었습니다. 쓰개치마를 두르거나, 집 안에서 조신하게 살아야 할 여자들이 남자들의 몫을 고스란히 떠안게 되었습니다. 일본과 중국, 미국의 해상 요충지였던 제주에서는 여자들이 화살받이터에서 제주를 지키거나, 바다에 뛰어들어 해산물을 따야만 했습니다. 유교가 늦게 전파된 제주로 파견된 목사들의 기록을 보면 벌거벗은 여자들이 바다에 뛰어들고, 군번을 서는 모습들을 천하게 묘사한 부분들이 많습니다. 하지만 조정의 녹을 먹는 자들을 먹여 살리느라 그리된 것을 헤아리지 못했습니다.

제주에서는 "거지도 처첩을 거느린다."라는 속담이 있습니다. 남편이 풍랑에 죽고, 아들이 제주를 떠나 버리면 늙은 부모와 아이들을 먹여 살리는 것은 여자들이었습니다. 대를 이어야 할 남자의 수가 절대적으로 부족하여 남자 하나에 처가 여럿인 경우가 생긴 것입니다. 밭과 성문과 바다로 쉴 틈 없이 움직여야 하는 여자들의 다중적인 생활을 보고 제주 섬에는 여자가 많다고 전해 내려오는 것입니다.

"딸이 셋이면 한 해에 밭이 하나씩 생기고, 아들을 낳으면 고기밥이 된다."

제주에선 딸을 낳으면 반기지만, 아들을 낳으면 걱정이었습니다. 그래서인지, 아들은 집 안에 숨겨두고, 딸은 어린 나이인데도 불구하고 바다와 밭으로 내몰았습니다. 그러한 인식이 남아있어서인지 아직도 딸과 며느리의 사회활동을 기대하는 여자 어른들의 인식이 남아있습니다. 육지 여자를 며느리로 들인 것도 모자라 전업 주부로 눌러 살고 있다면, 그 집의 어머니와 시누이들은 거품을 물고 쓰러질 수 있습니다. 동네 사람들의 손가락 끝에 걸려 그 집 아들은 팔푼이가 되기 일쑤입니다. 하지만 근로가 미덕인 시대는 지나고 있습니다. 조직적으로 일을 줄

여 나가야 하고, 여자들이 여자들을 일터로 내몰고 있는 인식
이 바뀌어야 할 것입니다. 그래야 제주의 여자들도 학업에 정진
할 수 있고, 다양한 재능으로 나라의 인재들이 될 수 있습니다.

　제주의 돌은 가슴께 높이로 쌓은 돌담이 구불구불 이어진 밭
과 올레길을 걸을 때, 돌담 구멍들을 통과하는 바람과 빛의 자태
를 볼 때, 태풍이 지나간 풍광 속에서 무너지지 않고 그대로 버
틴 돌담을 볼 때, 단출해서 허랑해 보이지만 단단한 율동을 지
닌 돌담에서 가치를 느낄 수 있습니다. 육지의 건물 붕괴와 다
리가 무너지는 뉴스를 볼 때, 부실 공사가 없는 제주의 돌담은
자랑이 됩니다. 제주의 돌들은 대부분 까맣습니다. 갯가의 돌들
마저 까맣습니다. 화산 송이의 붉은 돌과 현무암의 구멍 또한
신기합니다. 돌로 만든 돌하르방과 무덤을 지키는 어린아이 모
습인 동자석 또한 예술의 미를 느낄 수 있습니다.

　어느 날, 풍란을 돌에 붙여서 키워보겠다고 갯가로 나간 당
신이 고개를 갸우뚱하며 돌아옵니다. 바닷가의 돌들이 모두 수
석처럼 보여서 자신의 눈을 의심하는 까닭입니다. 제주의 돌은
어디에 놓아도 수석처럼 기품을 갖췄기 때문입니다. 돌 위에서
뿌리를 뻗는 소엽과 대엽조차 위풍당당합니다. 강정효 사진작

가는 한라산의 돌들을 찍은 사진들과 밭담을 항공촬영으로 찍은 사진들을 모아 전시회를 열었고 화보집을 출간했습니다. 그의 사진들을 보면 제주의 돌들이 모두 예술작품이자 문화재로 보일 것입니다.

제주의 바람은 제주 자체라고 해도 과언이 아닙니다. 바람 없는 날과 바람 타지 않는 바다를 보는 날이 오히려 이상할 정도입니다. 변시지 화백의 그림과 김영갑 사진작가의 사진에서 제주의 현재진행형 바람을 만날 수 있습니다. 사선으로 부는 바람은 팽나무와 가옥의 구조를 바꿔 놓았습니다. 바람에 순응하기 위해 팽나무는 사선으로 자라고, 제주의 가옥은 기와 대신 둥근 지붕의 초가를 땅에 거의 붙을 정도로 납작하게 지었습니다. 그래서인지 무분별하게 지어진 요즘 건물들은 태풍이 불고나면 지붕이 날아가고 벽에 금이 가기 일쑤입니다. 건물은 현대식이나 바람은 고전적이 까닭에 제주에서도 다리가 무너지고 가옥의 지붕이 날아가는 사태가 벌어지고 있습니다.

육지에서 이주한 사람들은 태풍과 고온다습을 견디지 못하지만, 무뚝뚝한 제주 사람들의 폐쇄적인 모습도 견디지 못합니다. 왜 그럴까요?

제주는 도둑과 거지와 대문이 없었습니다. 이른바 삼무의 정신이 깃든 까닭입니다. 제주 섬이 반도와 이어졌던 시절에는 노루가 제주로 건너와 한라산에서 뛰놀았습니다. 하지만 반도에서 떨어져버린 지금은 물이 섬을 뱅뱅 가두고 말았습니다. 태풍과 외세의 침략만 빈번한 땅에서 사람들이 살아갈 길은 공동체의 협력과 단결뿐이었습니다.

"이 당, 저 당 해도 궨당이 최고다."

이런 구호가 아직도 유효한 까닭을 한번 생각해보시길 바랍니다. 공동체로 살았던 제주에서는 대문이 필요 없었습니다. 이웃이 친척이자 형제라는 생각은 곧 도둑과 거지를 만들지 않겠다는 인심을 낳았습니다. 바다에 들어가 일을 하거나, 밭에 나가서 일을 하는 동안 소나기가 내려도 걱정하지 않았습니다. 소나기가 온다면 이웃이나 노인들이 내 집 마당으로 들어와서 널어둔 빨래와 곡식을 창고로 들여 주고 지나가기 때문입니다. 대소사를 자신의 일처럼 돌보기 때문에 겹부조가 아직도 남아있습니다. 하지만 언제부터인가 대문이 생기고 말았습니다. 올레길에서 사람이 죽고, 집에 강도가 들고 있습니다. 원인을 조사해보면 절박한 심정으로 제주로 내려왔던 이방인들에게 온정을 나눠주고 베풀었는데, 기운이 회복되자 돌변한 이방인의 배

은망덕들로 밝혀지는 경우가 많습니다. 그리고 제주 사람들에 대한 오해도 있는 듯합니다. 제주 사람들끼리의 인심에 대한 오해 말입니다. 척박하고 언제나 자연재해로부터 자유로울 수 없는 제주 사람들에게는 조냥정신과 수눌음 정신이 있습니다. 항상 절약해서 어려울 때를 대비하고, 공짜가 없으니 서로 도와주는 걸 미덕이라고 생각합니다. 그래서 절박할 때 절해고도의 제주 섬까지 내려와서 손을 내미는 이방인들에게도 선뜻 온정을 베푸는 것입니다. 그러니 기운을 차렸다면 보은을 하는 것은 제주 사람들의 상식으로선 당연한 것입니다. 주고받는 것이 당연한 것이지, 밑도 끝도 없이 베푼다는 것은 있을 수가 없는 일입니다. 제주에선 부모와 성인이 된 자식 사이에도 공짜가 있을 수 없는 일입니다. 그런데 이방인들은 그런 행위를 수직적인 상납으로 오해하며 아랫사람에게 당연히 받는 것으로 착각합니다. 또는 '제주 사람들은 순수하여 언제나 달라면 계속 주겠지.' 하는 짧은 생각으로 계속 손을 내미는 것입니다. 그래서 제주 사람들이 뿔이 난 것입니다. 짐승도 은혜를 갚는데, 육지 사람들은 여전히 밥 달라, 집 달라고 손을 벌립니다. 대문이 없으니 무단 침입을 하여 눈에 보이는 것을 탐내고 가져가는 것입니다. 신령한 혼이 깃들어 제주 사람들도 함부로 집으로 들이지 않는 돌이며, 나무 또한 육지로 가져가 버립니다. 그러니 대문을 만들고, 거지와 도둑으로 그들을 간주하는 것입니다.

"말은 제주에서 키우지만, 자식은 서울에서 키우라."라는 말은 제주 사람들 사이에서 통용되는 속담입니다. 혹여 자식이나 동향의 사람들이 육지에서 자리 잡는 데 어려움이 생기면, 그들에게 은혜를 갚아달라는 의미도 들어있습니다. 하지만 그런 이방인은 극히 적었습니다. 그러니 사건이 발생하면 제주 사람들은 제일 먼저 이렇게 묻습니다.

"누게라? 육지 사람이 한 짓이 맞지?"

제주 사람은 절대 그런 일을 저지르지 않는다는 믿음에서 묻는 말입니다. 혹여 제주 사람이 나쁜 짓을 했다면

"육지물이 들었거나, 육지 귀신이 붙은 거여."

육지 귀신까지 수난을 당합니다만, 도둑과 거지와 대문이 점점 많아지는 현재의 제주 모습을 보면 안타깝습니다. 전통을 지키며 붙박이처럼 살아야 하는 토박이들은 상처가 아물기도 전에 상처가 나는 것이 두렵습니다. 자연의 바람보다 견디기 어려운 것은 언제나 이방의 바람이었습니다. 태풍과 폭풍우에도 무너지지 않고 꿋꿋이 버티는 돌담처럼, 제주 토박이들도 외세의 문명과 침탈에도 끝까지 버티고 싶은 심정입니다. 조상의 뼈가 묻혀있는 산담과 오름과 한라산을 곁에 두고 사는 제주 사람들

은 제주를 후손들에게 그대로 전승해야 할 책무가 있기 때문입니다. 들고나는 바람 속에서 좋은 것은 받아들이고, 나쁜 것은 철저히 배격하고 싶은 것은 자연도 마찬가지입니다. 그러니 제주로 들고나는 사람을 향해 폐쇄와 개방을 적절히 사용하는 제주 사람들의 지혜는 당연한 것입니다.

제주의 삼다와 삼무를 이해하셨다면, 당신 또한 제주를 흔들지 말고 함께 흔들리며 살기를 간청합니다. 바람이 불면 바람처럼 함께 춤을 추고, 인심 속에서 흥이 나면 제주의 민요처럼 어깨를 들썩이며 춤을 추면서 제주 사람에게 도움이 되는 이방인이 되어 주십시오. 이 모든 순간의 당신과 제주 여자인 내가 지금 그대로의 모습으로 만날 수 있는 유일한 방법입니다.

제주의 여자들이 강인하고 억척스러워서
사회활동을 많이 한다기보다,
역사적 환경이 여자들을 그렇게 만든 것입니다.

식게와
반 테우다

행사장에서 북 콘서트를 마치고 집으로 돌아가는 작가와 관
객들의 손에 꾸러미 하나씩 쥐어주었습니다. 코로나 바이러스
로 인해 행사 이후의 다과나 식사의 풍경 대신 음료와 과자들이
담긴 예쁜 꾸러미가 답례품으로 생긴 것 같습니다.

"반 테우시네요."

나는 너무 반가운 제주의 풍속을 재현한 주최 측에게 감사
의 인사를 드렸습니다. 그런데, 육지에서 온 당신은 십 년이나
제주 살이를 하면서도 처음 들었다는 듯 내게 되물었습니다.

"반이 뭐예요?"

아뿔싸, 당신은 제주의 풍광과 제주어를 겨우 떼고 제주 사람이 되어가는 중이라는 걸 잊었습니다. 제주만의 풍습이 남아있는 곳으로 당신을 데려가지 못한 나의 불찰입니다.

'반을 테우다.'라는 말은 제사 음식을 조금씩 싸서 파제 이후 손님들과 친척들에게 나눠주는 풍습입니다. '테우다.'는 나눠주다라는 뜻을 지녔지만, 반은 정확하게 표현할 길이 없습니다. 그저 제주에서 살아온 짐작으로 제사나 행사의 음식이란 뜻을 지녔다고 봅니다. 아직도 제주에는 식게(제사)의 풍습에서 반을 테우는 모습을 흔하게 볼 수 있습니다.

"동네 식게 이시민 사흘 밥 안 굶는다."

제주의 속담을 들여다보면 이상한 점이 있습니다. 남의 집 제사와 나의 집 사흘 동안의 밥상 걱정은 연결이 안 될 테니까요. 신기한 일이지요? 하지만, 어릴 적 나의 동네는 삼촌과 이모들만 사는 동네였습니다. 학교를 다니고 가계도를 배우면서 제주의 가계도를 저주하게 되었지만요. 어릴 적은 그렇게 믿어왔습니다. 그러니 동네의 식게 집에 가는 것은 아무렇지 않고 자연스러운 것이었습니다. 이모와 삼촌들이 많아서 그러려니 했습니다. 나이가 많은 육고개 너머 심방 할머니가 오지 못했을 때나 삼당밭집 삼촌네 미친 이모를 위해 차롱에 반을 싸들고 배달을 다녔습니다. 언니들은 어머니의 명령을 내게로 전가시켰습니다. 언제나 막내인 나는 밤을 새우거나 아버지를 찾으러 다니는 무섭고 성가신 일을 담당하며 살았습니다.

육고개 너머 할머니는 귀가 먹어서 아무리 밖에서 불러도 나오지 않습니다. 그러다가 꼬챙이로 불빛이 희미한 방 창호지를 뚫어 안을 보려다가 할머니에게 혼난 적이 있습니다. 그런 일이 있은 후부터 할머니는 꼬박꼬박 우리 집 식게에 찾아오셨습니다.

"이, 궁퉁이 막아진 년아!"

나는 그런 욕을 들어서 속이 상했습니다. 요망진 년과 반대어인 궁퉁이 막아진 년은 요령이 없는, 하나만 알고 둘은 모르는 멍청한 여자애라는 뜻입니다. 새벽에 동이 트기 전에 제사 퇴물을 들고 집집마다 찾아가는 것도 졸리고 무서운데 사람들 앞에서 놀리는 심방 할머니가 미웠습니다. 귀가 막아서인지 소리는 너무 우렁찼습니다. 이런 일화는 고스란히 나의 시가 되었습니다.

반 태우다

- 식게집 뷔페

육고비 너머 남몰래 울어주고 손가락질 받는 할머니가 식게에 안와서, 마씸

끅신 신고 궤의 다리 지나 떡도구리 대신 골채에 반 챙겨 가신디, 마씸

오밤중이라 컴컴한 할머니집 문지방에 서서 할망~ 할망~ 불러신디, 마씸

귀가 안 들리는 할머니, 배롱하게 싼 각지불이 아롱아롱 비치는 걸 보니 자고 계신거라 마씸

반은 테워야 집에 갈 거라고

불 맞은 돌로 층항에 맞춰 소리도 내봐신디, 마씸

곱들락한 사과, 전, 산적, 빙떡, 할머니 좋아하는 거 이런 때나 나눠 먹는 거라고

코고는 소리만 들리는 창호지문에 긴 꼬챙이를 찔러 넣고 더듬더듬 할머니를 깨워신디, 마씸

깜짝 놀란 할머니, 간 떨어지는 호통에 쏟아버린 골채 안의 반

그날부터 할머니 꼬박꼬박 식게 먹으러 와서 나를 부르는
거라, 마씸

이 궁퉁이 막아진 년아!

- 시집, 《신, 탐라순력도》 중에서

식게 집에 정종 한 병과 메밀가루 등을 부조로 싸고 온 동네
사람들 속에서 부지런히 음식을 날랐습니다. 나는 놋쇠 접시에
고기적, 문어적, 돌레떡, 부침개 등을 똑같이 나누어 담은 음식
들을 한 사람에게 하나씩 공평하게 차려주는 걸 보고 자랐습니
다. 그런데, 아이들을 모두 데리고 온 이모들은 국을 여러 사발
마시면서도 반에는 손도 안 대는 것이었습니다. 맛이 없어서일
까? 아프신 걸까?

어머니와 할머니의 집에 가서야 알았습니다. 식게가 끝나고
집으로 돌아갈 때 반이 담긴 꾸러미를 부조를 하기 위해 메밀
을 담고 온 차롱에 놔줄 때, 자신이 남긴 음식을 함께 싸고 온다
는 사실을요. 그러니 동네 식게 끝나고 나면 우리 집 밥상에 사
나흘 동안 고기적과 부침개가 올라오는 것입니다. 제주의 조냥
정신은 고팡에만 있는 것이 아니었습니다. 요즘은 그때 먹었던

두툼한 돼지고기적이 먹고 싶어질 때가 있습니다. 사나흘 기름에 튀겨지고, 쉰내가 밴 식게 음식들과 채소반찬이 국이 되고, 두루치기가 되는 음식 말입니다.

경조사의 답례로 주던 반이 슈퍼타이가 되고, 국수 한 뭉치가 되다가 5천 원짜리 농산물 상품권으로 변해버렸습니다. 산북에서 산남으로 경조사에 참석할 일이 생기면 부조를 한 사람에게 전가시켜서 대신 답례품을 몰아주기도 합니다. 슈퍼타이와 퐁퐁이 1년치 집에 쌓이는 경우도 있었고, 농산물 상품권이 부조만큼 생기기도 했습니다만, 답례품은 역시 사과 하나, 귤하나, 돼지고기적, 문어적, 돌레떡과 기름떡이 들어있던 꾸러미가 최고입니다.

당신이 쥐어준 과자 꾸러미를 차 안에서 먹으면서 돌잔치 집으로 향했습니다. 부조가 100만 원이 넘어가는 한 달도 있습니다. 제주에는 겹부조가 성행일 때와 큰 부조를 해야 하는 집안의 경조사가 결혼 시즌에 걸리면 적금 하나를 깨든지 어디 먼 나라로 이사를 가고 싶어집니다. 하지만 제주에 사는 동안은 부조를 해야 하고, 얼굴부조는 특히 중요합니다. 도지사와 제주시장 그리고 선거 때는 아침밥을 10번 먹는 사람이 당선되는 경우가 많습니다. 이 당 저 당 해도 손 한번 잡고, 얼굴 한번 보여주면서, 삼촌과 조케라며 다정함을 과시하는 궨당을 이겨낼 수 없습니다. 그래서 공천을 받지 못한 무소속이라도 얼굴부조를 많이 하는 발품으로 당선이 되는 곳입니다. 반대로 생각하면, 경조사에 돌아보지 않은 자는 이방인 취급을 합니다.

베트남에서 제주로 온 사내가 결혼을 해서 여자애를 낳았습니다. 돌잔치를 이국땅에서 올리는 사내를 만나기 위해 당신과 나는 그들의 풍습 속으로 찾아갔습니다. 당신과 나는 베트남 사람들 속에서 웃다가 답례품을 받고 돌아왔습니다. 베트남쌀로 지어진 찰진 밥이 빨간색과 하얀색으로 나뉘어 통에 담겨 있었습니다. 송편처럼 생긴 떡이 빨갛고 하얀색으로 빚어져 달짝지근한 국물과 함께 담겨진 통도 보입니다. 베트남에서도 제주처럼 음식을 담아주는 답례의 풍습이 있나 봅니다. 음식을 나눠주는 풍습이 어쩐지 허물없는 가족이란 징표 같습니다. 그들과 렌당이 된 듯한 세계가 하나의 친척 같습니다. 고단한 이국의 풍경에서 이방인인 당신과 나는 반을 나눠 먹었습니다.

안이 깊고 넓어
고요하고 아늑한
집

기록보다 삶 자체를 중시하던 사람들의 집에는 상장과 가족 사진이 걸려있지 않습니다. 값비싼 명화를 모사해놓은 그림도 없지만, 벽에 걸린 태왁과 망사리 속에는 비창과 전복 껍데기가 들어 있습니다. 진주가 되다 만 구슬이 맺힌 전복이 무지갯빛으로 빛나고 있습니다. 마치 지질시대가 느리게 진행 중인 집 안을 들여다보는 듯합니다. 제주는 아쉽게도 과거의 기록들이 많지 않습니다. 문어체보다 구어체가 지층을 형성하던 곳입니다. 심방의 입을 빌려 본풀이가 각색이 되고, 잠수굿에서 해녀들의 이름을 호명하는 열명이 불리는 곳입니다. 옛일을 알 수 있는 조각들은 목사로 임명이 되어 제주로 온 이방인과 절해고도로 유배를 온 가객들의 짧은 소감 정도가 고작입니다. 그래서일까요. 역사 시대를 살고 있는 지금도 영험과 신령이 깃든 곳이 많습니다. 당과 굿이 보존된 곳이고, 바다로 물질을 나가는 해녀들과 어로 활동을 하는 어부들의 종교가 자연숭배를 원칙으로 하고 있는 곳입니다.

나는 문득 물의 마을로 가서 살고 싶어졌습니다. 충동에 못 이겨 산북의 시내를 벗어나 서쪽으로 한 시간 남짓 차를 몰고 찾아갔습니다. 저녁노을이 아름다워 빛에 홀린 듯 애월의 해안도로를 달렸습니다. 가는 도중에 소나기를 만났고, 햇빛의 구간을 지났습니다. 제주는 사계절이 하루에 다 머무는 신기한 곳입니다. 제주를 하루에 한 바퀴 돌아본 이방인들은 날씨에 환호합니다. 분명 섬을 한 바퀴 돌았을 뿐인데 사계절이 구간마다 생기다니요. 경험을 해본 자는 한라산을 바라보며 넋이 나간 모습으로 경배를 드리게 됩니다. 제주의 신비를 체험하게 해준 한라산신을 향해 경배를 드린 자는 선택받은 자라는 뜻입니다.

나는 해안가를 따라 가다가 작은 바닷가 마을에 차를 멈추고 집을 얻었습니다. 한 해만 살아보려 했지만, 그럴 수 없었습니다. 문을 열면 바다가 보이고, 창문을 닫으면 파도 소리와 뱃고동이 들리는 바닷가 마을에서 몇 해를 보내고 있습니다. 문을 열고 나간 바다에는 작은 섬이 놓여 있습니다. 섬 앞에 섬을 놓고 몇 해를 살면서 섬을 바라보고 있습니다. 마치 타인을 향하던 시간들을 접고 나를 바라보는 시간처럼 말입니다. 안거리에는 은퇴한 늙은 해녀가 살고, 밖거리에는 바다의 속도 모르는 내가 사는 동안, 마을의 사계를 모두 느끼고 싶어졌습니다.

탄식하는 늙은 해녀의 아리아가 들리는 바닷가에서 애절한 노래를 부르며 유영하는 젊은 관광객을 만나기도 했습니다. 그들이 부른 노래의 화음 속에서 그리운 얼굴이 떠올랐고, 부르고 싶은 이름들을 기억의 벽에 써보기도 했습니다. 손에 닿으면 있을 거리에 있는 얼굴들과 핸드폰에 저장된 채 한 번도 소환되지 못한 얼굴들이 나와의 이야기를 간직한 채 바닷가의 추억처럼 심연에 가라앉아 있습니다.

"뭐해?"

"살아 있어?"

묻고 싶어지는 날에는 노래가 나의 입술에 닿아 감정의 동요가 일어납니다. 얼굴을 견디지 못하여 달밤의 밤바다에서 수영을 하기도 했습니다. 달빛에 반사된 은빛 모래사장이 청색으로 변하고 나면, 작은 섬에선 하나둘, 불빛이 꺼집니다. 물속에서 흔들던 지느러미를 거두고 나서 두 다리로 백사장을 나옵니다. 물기를 털고도 쉬이 잠이 오지 않을 때면, 일찍 불을 끄고 잠이

든 마을을 한 바퀴 돌아봅니다. 가로등만 띄엄띄엄 있어서 더욱 까만 밤과 고요히 잠든 마을이 얼마만인지 모릅니다. 시내에서는 24시간 켜지는 불빛이 밤을 잊게 만들었습니다. CCTV와 편의점 불빛, 밤새도록 영업하는 술집과 국숫집 그리고 해장국집이 밤거리를 지키던 도시에 살았습니다. 고등학교를 다니면서부터 부모와 떨어져 혼자 도시에 살던 나는 혼자였지만 혼자인지 모르고 살았습니다. 창문을 열면 자동차와 취객들의 소리와 함께 환한 네온사인이 있고, 학교와 회사와 동호회의 사람들과 흥성이는 만남들로 혼자인 적이 없었습니다. 하지만 당신을 만나고부터 외로움을 느꼈습니다. 우주 속의 미아처럼 공허한 시간을 견디지 못했습니다. 오로지 당신을 만나고 있는 시간과 당신을 그리워하는 시간으로 나뉠 뿐이었습니다. 어떻게 한 사람이 온 우주를 지배할 수 있을까요.

덜컥, 집을 구하고 살게 된 며칠은 고요하고 조용한 집이 불안했습니다. 꿈에선 도시를 바쁘게 뛰어다니는 내가 있었고, 시간에 쫓기며 이마를 짚는 모습이 있었습니다. 깨어나면 어리둥절한 채 밤의 어둠 속에 우두커니 앉아 있기도 했습니다. 차차 적응이 되는 며칠이 흐르자 방이 눈에 들어왔습니다. 집이 느껴졌습니다. 안이 깊고 넓어 고요하고 아늑한 집.

제주의 가옥은 바람에 적응하기 위해 땅에 납작하게 붙어있는 작은 집이 대부분입니다. 안거리와 밖거리 두 채와 창고, 야외 화장실 그리고 우영팟이 있습니다. 방의 벽에 손을 대보면 바다의 포말이 만져질 듯합니다. 차가운 벽에 몸을 붙여 자보기도 하고 등을 기대어 앉아 책을 읽기도 했습니다. 소라게가 발만 내밀 듯이 소라의 집을 나와 집의 둘레를 찬찬히 관찰해봅니다. 굴묵의 흔적이 남아 있는 안거리의 외벽에 쭈그려 앉아 한참을 쳐다봅니다.

바람이 많은 제주에선 불씨를 잘 다뤄야 했습니다. 언제 초가가 삽시간에 타버릴지 모르니까요. 그래서 방의 온돌 역할을 하는 굴묵은 바람의 방향이 덜 바뀌는 쪽에 있거나 부엌의 솥과 반대 방향에 있는 집도 있었습니다. 마을의 뒷동산에 가서 솔잎과 솔똥을 모아 와서 군불을 지피던 까마득한 유년이 기억납니다. 소똥과 말똥을 말린 것을 함께 태울 때마다 탁탁 튀는 소리와 마른 풀향을 맡았던 생각이 부지깽이 끝에 붙은 불씨마냥 작고 희미하게 피어납니다. 부지깽이꽃은 붉은 빛이 꺼지면 한 자루의 붓이 되어주었습니다. 그림을 그리거나 글씨를 쓰던 부지깽이를 가지고 놀던 어린 시절이 나에게 잠깐 머물다 사라졌습니다. 아버지는 신식 연탄보일러와 기름보일러로 집을 보수하고 초가를 거두고 슬레이트 지붕으로 수리하는 것을 좋아했습니다. 바람에 맞게 둥근 초가를 지었던 제주의 가옥은 벼농사를 많이 짓지 않았기에 띠(새)를 지붕에 얹고 나무와 대나무로 얽었습니다. 소똥과 말똥을 외벽에 바르기도 했지만, 돌벽을 세운 집이 많았습니다. 하지만, 시대의 변화에 맞추어 가옥의 형태가 여러 차례 바뀌었습니다. 변화에 순응하던 아버지의 곁에서 망치와 못을 들고 서 있거나 톱으로 나무를 자르던 나에게도 사내아이처럼 자라던 시절이 있었습니다. 여자아이로 살았던 기억은 별로 없는 듯합니다. 제주의 보통 여자아이들도 그러했습니다. 항상 바다와 밭과 마을의 경조사 속에 살면서 수눌음과 채집활동을 했던 여자아이들.

여자아이들이 자라면 마을 안에서 결혼을 하고 아이를 낳아 공동체의 운명을 지게 됩니다. 소설책을 끼고 살면서 루치아노 파바로티의 음악을 들으며 자란 나는 마을의 여자들처럼 살기 싫어서 며칠을 울었습니다. 시내의 고등학교로 보내달라고 말입니다. 지독하게 울며 독하게 버틴 나는 아버지가 구해준 시내의 자취방에서 독립을 외쳤습니다. 어머니는 마을의 여자였으니, 나의 독립을 반기지 않았습니다. 대학을 가는 것도 말렸습니다. 일본에 가서 신발공장에 취직을 하면 고향 집에 밭이 늘어날 테니까요. 나는 고등학교라는 동아줄에 매달려 시내로 도망쳤습니다. 그날 이후, 딸 셋이면 밭이 한 해에 하나씩 늘어난다는데, 자식복도 없는 년이라고 어머니는 탄식의 노래를 부르기 시작했습니다. 데릴사위였던 아버지만 자취방에 찾아왔던 고등학교 시절이 기억납니다.

안거리의 가옥에는 안방 뒤로 고팡이 있던 흔적이 아직도 남아 있습니다. 여성들의 금고라는 고팡은 제주의 가옥 중에 가장 중요한 공간입니다. 밖거리 또한 현대식으로 개조되지 않았다면 필시 고팡이 있었을 것입니다. 안거리와 밖거리에는 각자의 부엌과 고팡이 있어서 부모와 자식 간에도 식사에 대한 부담과 금융관리가 철저하게 분리되어 왔습니다. 간혹 밖거리에 부엌을 두지 않은 집도 있었지만, 각자의 경영과 집에 관한 권력의 권한이 있었기에 고부갈등이 줄었다고 합니다. 마당 하나를 두고 두 지붕, 두 가족이 사는 제주의 가옥과 고부간의 분리는 전 세계에 추천하고 싶은 문화입니다. 함께 살아도 각자의 공간이 있어 안이 깊고 넓어 고요하고 아늑한 집. 혹여, 다른 나라나 다른 지방에 가서 살게 된다면 집은 제주의 가옥 형태로 짓고 싶습니다.

우영팟에는 줄기를 따라 노란 호박이 달렸고, 감저도 땅속에서 자라는 중입니다. 감나무 한 그루는 갈옷을 만들기 위함인 듯하고, 제수용으로 귤나무도 있습니다. 대나무는 구덕과 차롱을 만들려고 심었던 걸까요? 겨울에도 푸른 배추와 무가 자라는 유기농 텃밭입니다. 어른들이 사랑하고 애정하는 양하는 냄새가 심해서 내게는 어떤 요리로 탈바꿈해서 밥상에 올라와도 적응하기 어려운 채소입니다.

"조케야, 이리 왕 밥 먹으라."

안거리의 할머니가 부르십니다. 제주 태생인 나를 부르는 호칭은 단번에 친밀감과 안도감을 줍니다. 맙소사, 할머니가 차린 밥상 좀 보십시오. 낭푼밥 속에는 감저와 조, 보리, 산디가 들어 있습니다. 몸과 돼지뼈를 복삭, 삶은 국에는 메밀가루가 들어 있어서 걸죽합니다. 빙떡과 돌레떡도 있습니다. 무심하고 무정한 맛이 빙떡과 돌레떡의 진정한 맛입니다. 돼지고기적과 소라, 돌문어적꼬지도 있습니다. 고사리무침을 위해 할머니는 분명 혼자만 알고 있는 고사리 밭에 들었을 것입니다. 밥상의 차림을 보니 분명 어젯밤 식게(제사)가 있었던 게 분명합니다. 하지만 어젯밤은 너무도 고요하고 조용했습니다. 여덟 시만 되면 불을 끄고 주무시는 할머니인데, 어찌된 일일까요?

제사를 아들네가 가져가서 제사를 먹으러 갔다 왔다는 겁니다. 아들은 결혼을 하여 읍내에 나가 살고 있습니다. 가게에 딸린 방에서 제사를 지내는 것이 마뜩잖았지만 할머니는 며느리를 타박하지 않습니다. 어린 살림을 살던 아들 내외가 밖거리에 살 때가 좋았지만, 돈을 벌기 위해 간다는 걸 어찌 말리냐고 하십니다. 손자들을 애기구덕에 놓고 흔들던 시절이 좋았는지,

할머니의 창고엔 애기구덕과 유모차와 작은 네발 자전거가 아직도 자리를 차지하고 있습니다. 손자들은 아마도 중학교나 고등학교에 진학했을 텐데 말입니다. 쉰다리도 한 사발 내어옵니다. 밥이 쉴 때 즈음 발효시킨 쉰다리가 할머니에겐 좋은 잠 친구가 되어주고 있었습니다. 오메기 술도 맛있지만, 어릴 적 여름에 먹던 쉰다리가 나는 좋습니다.

얼얼하게 달아오른 뺨을 하신 할머니가 낮잠을 주무시는 마루엔 옅은 여름 하늘과 구름이 지나갑니다. 활짝 열어둔 앞문과 뒷문으로 바다와 파도가 이국에서 편지를 띄운 선원의 모습처럼 환하게 들고 납니다.

할머니와 며느리처럼 점심을 먹고 나서 혼자 바닷가를 걸어봅니다. 단물이 솟는 용천수와 고기를 가둔 원담이 섬과 섬 사이에 있습니다. 곧 밤이 오면 갈치 배와 오징어 배가 출항을 하겠지요. 바닷가 마을에 머무는 시간들이 느리게 흘러갑니다. 고독하려고 찾아왔으니 혼자라는 게 다행이란 생각이 듭니다. 섬과 섬 사이에 물이 흐르듯이, 사람과 사람 사이에도 고독이 흘러서 서로의 간격을 이해할 수 있나 봅니다. 바다를 향해 타전하는 마음이, 하늘에 그려보는 얼굴에 닿아 당신의 가슴에 찌르르 찌르르 감전이 되는 감수성으로 흐르길 고대합니다. 편지는 쓰지 않겠습니다. 지질시대의 교감을 믿어보기로 하겠습니다.

천애지기

나는 당신이 너무 편해서 만날 때마다 생활에서 쌓인 불평과 불만을 늘어놓던 적이 있습니다. 당신을 만나면 나의 시시콜콜한 이야기를 스스럼없이 꺼내어 위로받았습니다. 당신은 드라이브를 하는 동안 내가 들려주는 이야기를 듣다가 잠이 들기도 하고 내 속이 후련해질 때까지 이야기를 더 해보라고 시간을 내주었습니다. 내가 격앙될 때는 조용한 침묵으로 그냥 들어주기도 하고, 다른 화젯거리로 나의 화를 가라앉혀주기도 하였습니다. 매번 당신의 평정심이 신기했고, 조용한 나날을 지내는 당신의 처지가 부러웠습니다. 그래서 당신을 만나는 날을 손꼽아 기다리는 쪽도 언제나 나였고, 이야기가 넘쳐난 쪽도 역시 나였습니다. 내 속에 그렇게 많은 이야기를 말하는 투덜이가 살고 있었을 줄이야.

어느 날, 당신의 화법을 곰곰 생각해보았습니다. 당신은 남자인데도 사랑스런 아가씨의 온화함과 상냥함을 지녔고 아름다운 언어를 찾아 연습을 하는 듯 말부림에서는 언제나 꽃향기가 났습니다. 그렇다고 느끼하거나 작업을 거는 듯한 카사노바의 언어조합이 아니었습니다. 그래서 나는 마음 놓고 떠들고 당신을 믿었던 것입니다. 같은 여자 친구의 사귐 같은 우리의 대화를 나는 몹시 사랑했나 봅니다. 적어도 나를 만나는 순간만큼은 나에게 마음을 열어 나의 이야기를 가만히 들어줄 상대가 필요했거든요. 당신이 처음 느낌 그대로 지금까지 나의 사랑스런 친구가 된 까닭이기도 합니다.

나는 당신을 관찰하고 당신을 따라하려고 애썼습니다. 나의 주변을 정리하고 조용한 생활을 보냈습니다. 사색과 읽기와 글쓰기, 세 가지의 중요한 일만 남겨두고 몇 해를 지냈습니다. 오직 당신의 화법과 평정심을 닮으려고 노력하며 살았습니다. 당신에게 불평과 불만을 늘어놓던 것을 멈추고 나 자신을 들여다보았습니다. 불평을 하는 것도 습관이었고, 불만 가득한 것도 나의 오만함에서 나온 잘난 척이라는 걸 알기까지 당신이 그리 웠습니다. 당신에게 참 미안했습니다. 당신이 잘 참아주었구나 싶은 생각에 당신이 떠나버리면 어쩌나 전전긍긍하기도 했습니다. 당신은 침묵하고, 나는 고요하고 은은한 내면이 고이기까지 많은 더러움과 화의 찌꺼기가 수면 위로 떠오르는 것을 똑바로 목격하기 시작했습니다. 내 자신이 비참해지기까지 했습니다. 내가 일을 만들지 않고, 일을 거들지도 않게 되자, 그 많던 안부 인사와 전화와 달콤한 선물들이 신기루처럼 사라졌습니다. 이제 내 곁에 남은 건 언제나 그 자리에서 성실하게 생활하던 가족과 친구 몇, 당신뿐입니다. 불평과 불만을 늘어놓던 친구도 차단했습니다. 그리고 나는 나를 위해 쓸 수 있는 풍부한 시간과 당신이 가르쳐준 아름다운 산책길에서 영감을 얻은 시들이 생겨났습니다.

평정심에서 얻은 고른 문장과 화법이 온화한 얼굴에 갖춰졌습니다. 독을 품은 사람들을 차단할 줄도 알고, 쓸데없는 술자리에서 고요한 밤을 탕진하는 걸 부러워하던 외로움도 사라졌습니다. 단순한 생활을 예찬할 수 있는 고독이 생겨서 오히려 즐거운 음악이 저녁 식탁을 풍성하게 합니다. 하루의 일과를 마치고 집으로 돌아온 가족은 검소한 식탁에서도 날마다 축제를 벌이는 비밀의 밤이 생겨났습니다. 수고하고 노력한 일상을 서로 위로하고 격려하는 부모와 형제가 되어 고풍스러운 명화로 남고 있습니다. 당신을 닮으려고 애쓴 것뿐인데, 나의 삶에 기적이 일어난 것입니다. 이타적인 삶 속에서 속이 빈 채로 살던 나는 관심을 집과 내 마음으로 돌렸을 뿐인데도 풍족하고 너그러워졌습니다. 세상의 일이 궁금하거나 불안하지도 않습니다.

sns가 얼마나 좁은 틀이었고 세상을 좁게 만들었는지도 깨닫게 되었습니다. 내 존재를 드러내고 싶어 안달하던 때가 있었습니다. 세상을 넓히는 수단인 줄 착각하며 sns와 문자를 확인하느라 핸드폰을 쥐고 잠이 들던 때가 부끄러워집니다. 어리석은 나를 지나와서인지 지금의 평온이 더욱 소중하게 느껴집니다. 단지 당신을 흉내낸 것뿐인데, 당신을 알고 싶어서 당신의 모든 걸 그대로 따라한 것뿐인데 말입니다. 당신은 나에게 좋은 스승이자 천애지기입니다. 그래서 당신이 무척 소중합니다. 그립습니다. 하지만 당신에게 불평과 불만을 쏟았던 예전의 나로 돌아가고 싶지 않습니다. 당신처럼 침묵하면서도 진실한 언어를 쓸 수 있고, 아름답고 섬세한 언어를 지닌 내가 되려면 아직도 부족합니다.

진실한 당신의 친구가 되고 싶습니다. 만나지 않아도 내 마음과 온몸을 관통하고 있어 언제나 함께 지내는 사람이 되고자 합니다. 온전한 일체를 이루어 당신이 나인 듯, 내가 당신인 듯 산다면 냉정과 초월을 지닌 삶을 즐겁게 살아낼 듯합니다. 무릇, 하늘이 낸 친구 사이란 배울 점이 있으면 성별과 지위에 관계없이 또한 오해 없이 받아들여야 하고 감사함을 잊지 않는 사이란 뜻입니다. 서로의 마음과 마음이 판에 박은 듯 서로를 위하는 마음으로 남아있다면 많은 무리를 이끈 세상의 그 어떤 사람들보다 위대한 힘을 발휘할 것입니다. 그래서 늘 나는 당신에게 부족합니다. 당신 또한 나를 닮고자 하는 것이 없나 나를 살피고 정진하게 됩니다. 천애지기인 당신이 내게 그러하였듯이 내가 드리는 화법과 보답으로 인생의 존엄을 즐기기를 고대합니다.

적어도 나를 만나는 순간만큼은
나에게 마음을 열어 나의 이야기를 가만히 들어줄
상대가 필요했거든요.

사랑의
깡동바지

전래 동화 중에 〈사랑의 깡동바지〉가 있습니다. 두 자매가
아버지의 바지 길이를 보고 밑단을 잘라 길이를 맞춘 이야기입
니다. 아버지를 생각하는 마음이 서로 닮아서 자매는 서로에게
일을 미루지 않습니다. 그래서 바지는 오히려 짧아져서 7부 바
지쯤으로 변한 것입니다. 보통의 경우는 서로 미루어 싸우고, 혼
나는 게 집안 풍경인데 말입니다. 장남이니까 일을 더 해야 한
다, 막내는 귀여움을 독차지하니까 네가 해야지 등등 일을 부탁
하고 돌아온 부모 앞에서 싸우기 일쑤입니다. 그러면서도 재산
상속에 있어서는 콩 한 알도 현미경을 들여다보며 지름 값을 구

하여 등분을 하는 모양새가 요즘의 집안 풍경입니다.

〈사랑의 깡동바지〉의 이야기처럼 집안을 들여다보지 않아도 훈훈한 집들은 다릅니다. 한겨울에 짧은 옷을 입고 있는 아버지가 동네를 돌아다녀도 부끄럽지 않은 자식들이 있습니다. 부지런히 제 일을 하는 자식들을 불러내어 상장을 요구하지 않는 어머니가 무심하니 지내도 걱정이 없는 자식들이 있습니다. 부모의 빚을 물려받지 않고, 부모의 유쾌하고 다정한 가족 분위기를 물려받은 자식들은 꽃과 대화를 선물합니다. 마음을 선물로 받는 부모는 마음으로 자식을 바라봅니다. 사방에 자식 자랑을 하지 않아도 자신들의 자랑거리로 이야기는 풍부합니다.

텃밭의 채소가 자랑이고, 돌 위에 뿌리를 내리는 난초가 자랑입니다. 사계절이 들고나는 집안의 풍경이 자랑이고, 흐르는 세월이 자랑이니 자식자랑까지 하려면 며칠이 걸릴 테니까요. 남들이 자랑이라고 생각하는 자식자랑은 어릴 적부터 집안의 자연스런 풍경이니 특별한 것이 아닙니다. 그래서 자식들 자랑에 바쁜 사람들 속에서는 그저 맞장구나 쳐주다 돌아옵니다. 재미가 없습니다. 속이 텅 비어버린 사람들과 만나서 서로 자식자랑에 열을 올리며 시간을 낭비하느니 집 안에 놀러온 사계절 손님과 춤을 추는 게 낫습니다. 자식들은 〈사랑의 깡동바지〉를 만들어서 짧아진 아버지의 바지와 어머니의 치마를 들여다보며 오늘도 웃습니다. 어떻게 하든 부모는 다 입어줄 테지만 혼내지 않습니다. 사랑으로 저지른 실수인데 설마 혼내겠습니까. 실수 투성이지만 유쾌한 패션을 남들은 아직도 철딱서니라고 놀립니다. 떠벌리지 않아도 자랑을 입고 다니는 부모님은 과연 고수이십니다. 자식들이 서로 가족의 일을 먼저 하려 드는 이유가 바로 포용이니까요. 실수도 받아주는 포용. 자식농사가 매년 풍년인 집안의 비법입니다.

좋은
독서법

독서에 관한 질문은 예나 지금이나 끝이 없습니다. 인터넷 검색을 하면 여러 가지 독서법이 나옵니다. 그런데도 왜 질문을 멈추지 않는 걸까요? 엄마들은 아이를 키우면서 아이의 성향을 잘 알 수 있는데도 독서법을 찾아 백방을 수소문하고 다닙니다.

가만 생각해보니 나의 독서법도 변화해왔음을 알 수 있습니다. 마음이 괴롭고 상처로 인해 고통받을 때는 집 안에서 닥치는 대로 책을 읽었던 것 같습니다. 활자란 활자는 모두 읽어버리겠다는 심사인지 눈을 뜨고 나서 잠을 잘 때까지 책만 읽었습니다.

따로 옮겨 적거나 뭔가를 습득하기 위해서라기보다 마음의 허기를 달래기 위해 읽었던 것입니다. 맛도 모르고 영양가도 모른 채 책이면 죄다 깡그리 읽다가 책의 맛을 조금씩 되찾기 시작했습니다. 꼬리에 꼬리를 무는 독서로 바뀌어서 하나의 주제와 연관된 책들끼리 읽으면서 독서의 폭을 넓혀갔습니다. 그렇게 하다 보니 더 영양가 있는 책이 무엇인지를 발견하게 되었습니다.

다독을 하다 보니 마음의 괴로움이 사라지고 상처도 아물게 되었습니다. 차츰 상처가 남에 의한 것인지 스스로 낸 것인지를 들여다보는 용기가 생겼습니다. 실력은 없는데 욕심이 많아서 남들이 승승장구할 때마다 배가 아프고 질투로 남들을 비방하다가, 나 자신이 병들었는지 들여다보게 된 것입니다. 내가 실력이 없으니 이력서를 낼 때마다 떨어졌다는 사실도 알게 되었고, 인기 있는 친구에게 좋아하는 사람들도 빼앗긴 사실을 인정하게 되었습니다. 폭식과 폭음으로 망가진 몸을 교정하고, 언어와 예절을 갖추지 못한 채 소유욕으로 상대방에게 집요하게 달라붙었는지 되짚어보았습니다. 주체할 수 없는 광기를 사랑인 줄 착각하고는 문자를 밤낮 해대면서 상대들의 목을 조른 것을 인정하지 않을 수 없습니다. 친구는 손을 대지 않고도 내 곁에서 나의 모든 걸 빼앗아갔습니다. 솔직히 말하면 발품을 팔아서 모은 것이 실력자인 친구를 보자마자 그리로 달라붙은 것입니다. 이걸 깨닫고 인정하고, 나를 일으켜 세우기까지 나는 책만 읽었습니다. 누군가에게 말해봤자 내 얼굴에 침 뱉기이자 벌거벗은 임금님 꼴이라는 걸 알게 되었기 때문입니다. 그렇다고 물에 빠져 죽을 수는 없는 일이었습니다. 내 자존심이 허락하지 않았던 것입니다. 마지막까지 내게 남은 것은 알량한 자존심뿐이었으니까요.

이것저것 닥치는 대로 읽다가 중요한 책을 발견한 이후부터는 독서법이 바뀌었습니다. 이른바 실력 쌓기의 독서법입니다. 좋은 책의 발견이란, 내가 읽었을 때 내 몸과 영혼을 관통하는 빛의 검을 발견했다는 뜻입니다. 빛의 검은 나의 머리통을 깨부수고 내 잘한 허영과 시기와 남을 나쁜 방법으로 몰아낼 궁리를 하던 사악한 것들을 모조리 쳐낼 수 있는 책이란 뜻입니다. 그래서 좋은 책은 스스로 발견하는 게 맞는가 봅니다. 성공한 인물들이 추천하는 책 중에서 고르는 게 가장 빠른 방법이며, 롤모델을 그대로 따라하면서 책도 읽는다면 가속도가 붙습니다.

중요한 책을 도서관에서 빌려보는 것보다, 사서 보는 걸 적극 추천합니다. 이유는 책이 깔끔해질 수 없기 때문입니다. 수능

만점자들이나 좋은 대학에 진학한 제자들의 교과서를 보면 알 수 있습니다. 그들의 교과서는 이미 세상에 하나밖에 없는 교과서로 변신해 있습니다. 여러 가지 색깔 펜으로 여러 정보를 교과서에 또박또박 깨알 글씨로 써놓기 때문입니다. 그것도 모자라 포스트잇에 적힌 참고 자료와 훈민정음 해례본을 방불케 하는 노트가 별책부록처럼 딸려 있습니다. 물론 자신이 한 땀 한 땀 수를 놓은 핸드 메이드 교과서란 뜻입니다. 공부를 안 하는 제자들의 교과서는 깔끔하여 새것과 같고 웹툰이 즐비하기도 합니다. 잃어버려서 교과서가 없는 제자들도 있습니다. 교과서를 열어보면 이 제자가 공부를 하는지 안 하는지 알 수 있습니다.

따라서, 작가와 문학 관련 수상자들의 집에는 도서관을 방불케 하는 책들이 있습니다. 시중에서 구입할 수 없는 비매품과 희귀본은 도서관에서 빌려와서 제본을 하거나 필사를 다 하는 경우도 있습니다. 그리고 읽기의 요령도 있습니다.

처음 읽을 때 감탄하는 문장이 나오는 페이지를 위로 접습니다. 이 페이지는 전체가 중요하다 싶으면 위와 아래를 다 접습니다. 강아지 귀가 두 개가 된 셈입니다. 그렇게 읽다 보면 책이 통째로 강아지 귀를 다는 경우도 있습니다. 그러면 인생 책이 된다는 의미입니다. 밑줄 쫙, 돼지꼬리 땡땡, VIP(Very Importance

Point), 별이 다섯 개 등등 현란한 표시들이 생기고 나의 생각이 옆에 깨알 글씨로 자리 잡게 됩니다. 어디선가 읽은 듯한 책이 생각나면 참고 도서를 적어놓습니다. 이럴진대, 어떻게 남에게 책을 빌릴 수 있겠습니까. 오히려 이런 책은 유레카를 외치며 한 권 더 구입합니다. 그리고 아들에게 선물로 줍니다. 위대한 유산 중의 하나를 때마다 물려주는 것입니다.

이런 책은 서너 번 읽습니다. 《데미안》과 같은 책은 중학교 2학년 때부터 지금까지 일 년에 한 번씩은 읽는 책입니다. 읽을 때마다 새로운 경험을 하므로 인생 책이 되는 것입니다. 책에 무슨 장치를 해놓은 것도 아닌데 매년 발견하는 문장이 다르기 때문입니다. 분명히 다 읽었다고 생각하는데도 없던 문장처럼 새로운 문장이 눈에 띄게 되는 것입니다. 그리고 요즘은 오디오북이 있어서 아침에 산책을 갈 때나 장거리 운전을 할 때는 귀로 책을 읽습니다. 귀로 읽는 책이 이해가 잘 될 때가 많기 때문입니다. 그러다가 어느 날 내가 중요하고 보물처럼 여기던 책의 밑줄들이 시시해지거나 반론을 제기하는 경지에 오르면, 나는 그 책의 선을 넘은 자가 된 것입니다. 기쁨의 축배를 들어야 하는 순간이 온 것입니다. 이제 비루하고 비참한 자존심 하나로 버티던 나에게 자존감이 충만해집니다. 실력이 쌓였다는 것이고 남들을 미워하거나 시기하기는커녕 자비를 베풀 때가 왔다는 징조입니다. 승자는 자비를 베푸는 사람이고, 패자는 자비를 구하는 사람이기 때문입니다. 그러니 나는 이제 남들이 쉽게 넘보는 자리에 있는 사람이 아니라는 것입니다. 사람들이 슬슬 내게 달라붙는 현상을 달콤한 디저트처럼 맛보게 될 것입니다. 그리고 나를 시기하고 질투하며 자기 자신을 학대하는 친구들을 바라보며 지난날의 나를 떠올리게 될 것입니다. 이제 그들이 선을 넘을지 안 넘을지 신경을 쓰기는커녕 새로운 경지를 체험하기 위해 나 자신에게 몰입하면 됩니다.

독서가 인생을 바꾸는 게 맞습니다. 다만, 어떻게 하느냐는 자신에게 달렸습니다. 미리 포기한 사람은 취미로 독서를 하거나 시간 때우기를 위한 독서를 무의식적으로 하기도 합니다. 출판사에서 발라놓은 사탕에 중독되어 맨날 같은 설탕 맛의 책만 사들고 오기도 합니다. 그러니 출판사에서는 돈벌이용 책을 만들고 좋은 책은 내지 않게 되는 것입니다. 독자가 질 나쁜 책을 만드는 출판사의 배를 채워주는 경우가 태반입니다.

가정과 학교와 사회가 변했으니 독서법도 바뀌는 게 맞습니다. 가정에선 맞벌이 부모가 아이의 독서 습관을 잡아주거나 한

가롭게 독서를 하게 내버려두지 않습니다. 초등학생에게 학원을 열 군데나 돌게 하고 책까지 읽게 하는 건 무리이기 때문입니다. 학교에선 이제 방학에 독후감 숙제나 일기 숙제를 내지 않습니다. 시와 산문 쓰기를 하는 백일장을 위해 학생들에게 글쓰기를 권유하지도 않습니다. 사회에서는 핸드폰과 게임과 아이돌과 유튜브 산업이 장악하는 문화를 만들었습니다. 서당에서나 소리 내어 읽을 법한 책을 오늘날 내 아이에게 권하려면 쉽지 않을 것입니다.

비밀을
혼자만 지킬 수 있는
의지

기록은 참 중요합니다. 내가 헷갈리면 세상과의 싸움에서 지는 겁니다. 그러니 기록해야 합니다. 그리고 좋아하는 것을 비밀로 간직하려면 엄청난 의지가 필요합니다. 사람들은 좋아하는 게 생기면 입이 근질거려서 죽습니다. 특히 좋아하는 것은 말하고 싶어 죽는 거죠. sns에 남발하거나, 친구에게 말하면 대부분 다 깨지거나 남들이 훔쳐가버립니다. 내게는 도와주는 척하면서 뒤로 질투하며 다 채가는 배신자들. 그러니 좋아하는 것은 목숨 걸고 지켜야 합니다. 그럴 때 비밀 일기장이 최곱니다. 혼자만 보는 일기장이 나의 보물을 지켜줍니다. 그러다 보면 한

권의 책이 완성되는 것이지요.

나야,
안녕?

"인생이 이렇게 허무한 것이냐."

아버지의 정신이 긴 장마 사이에 잠깐 햇살이 비치듯 잠시 맑았을 때 내게 하신 말씀입니다. 마지막 유언이 되어버린, 내 겐 말씀의 유산이 된 셈입니다.

"살림이 펴면 그때 해외여행 가자. 살림이 펴면 놀러 가자."

그놈의 살림은 다림질도 안 먹고 오히려, 이마의 주름만 깊게 파고 있었습니다. 생각을 달리하면 펴질 것을 아버지의 외고 집은 골만 깊게 판 것입니다.

"학원비가 아까워요, 사춘기인 건 알겠는데도 아이가 자꾸 놀아요."

"남편이 돈을 많이 안 벌어다주니 내가 돈을 벌어서 이 고생 이지. 부자에게 시집갈걸. 남편 복이 없으니 자식복도 없네요."

어머니와 친구는 같은 말을 반복합니다. 여자가 벌면 안 되는 건가요? 돈하고 결혼하지 왜 남자와 아이랑 결혼했을까요. 돈이 부족한 것 말고는 딱히, 말썽 없고 순박한 남자와 아이들과 사는 어머니와 친구입니다. 돈에 집착하는 어머니와 친구가 미워져서, 그리고 물들까 봐 멀리해 봅니다. 그녀들은 땅도 많고, 직업도 단단합니다. 그런데도 돈을 모으는 데만 집착하며 돈을 신봉합니다. 돈이 인생의 잣대가 되어버렸습니다. 어느 날, 불현듯 내 입에서도 저런 말이 나온다면 당신과 아이들은 나라를 잃은 듯, 미아가 된 듯 서러울 것입니다.

내일 만나서 밥 먹자. 내일부터 운동하자. 따위는 내게 없습니다. 비가 오면, 운동화 끈을 매고 달리기를 하고 있어야 합니다. 오늘 지금 당장 밥이 안 되면 자판기 커피라도 함께 마셔야 합니다. 오늘이 쌓여야 내일도 미래도 있습니다. 오늘이 후회가 없어야 인생이 허무했다고 자식의 앞길에 한탄을 쏟는 마지막 말을 남기는 일은 없을 것입니다.

"인생은 너무 신나는 하루하루였단다. 내 생을 기쁘게 해준 당신이 고마웠어."라고 당신에게 남기고 떠나기 위해 오늘 나는 내게 말합니다.

"나야, 오늘도 나를 위해 빛나게, 신나게, 즐기자."

2

잠들지 않는 여름으로 가는
지도 한 장

내가
좋아하는
여름

낯잠을 자는 여름이 좋습니다. 살짝 게으르고 몽롱한 정신 상태를 더위 탓으로 돌리고 쉬는 시간이 많은 한낮이 좋습니다. 낮에 낯잠을 자두고 밤늦게 해안도로를 질주하는 차 안이 좋습니다. 기분과 행동에 걸맞은 선곡리스트를 정리한 음악파일이 스테레오로 터지면 폭주족처럼 아니고요, 폭죽처럼 하늘로 날아갈 것만 같습니다. 새벽까지 해안도로를 달리고 있으면 수평선의 집어등과 밤하늘의 별이 등대와 함께 쓰리쿠션으로 한꺼번에 내 눈에 몰려와서 좋습니다. 간만에 올빼미가 되어 밤에 싸돌아다니는 내가 마법소녀 같습니다. 더워서 마시는 맥주가 속을 쓰리게 하는 아침이 찾아와도 밤에는 치맥의 유혹을 뿌리치지 못하는 여름밤이 좋습니다. 아침마다 속이 쓰린 몸과 비대해진 배를 끌고 일을 하면서 "오늘밤은 절대 안 돼."를 외치는 비밀 결사대들이 좋습니다. "아무렴 어때."라고 바로 항복하고 마는 빈약한 의지는 오후 4시부터 서서히 밀려오는 맥주의 거품을 파도 탓이라고 우기는 여름이 좋습니다. 바다를 바라보지만 않고 바닷속으로 들어갈 수 있어서 좋습니다. 비를 맞으며 물놀이하는 것도 좋고, 수영복 대신 입은 옷 채로 들어가는 것도 좋고, 달리기를 하다가 그대로 뛰어드는 것도 좋습니다. 밤중에 비키니를 입고 협재 해수욕장을 가다가 음주단속을 하는 어린 경찰과 만나면 살짝 낯을 붉히겠지만, 백중날 밤의 수영은 더할 나위 없이 좋습니다. 여름엔 평상시에 다니지 않는 시간대에 돌아다니는 스릴이 좋고 몸에 뭔가를 지니지 않는 가벼움이 좋습니다. 청양고추와 한치 다리를 썰어 넣어 끓인 라면을 냄비 뚜껑에 덜어 먹는 에어컨 앞. 태풍이 부는 날 밤새 술 마시기, 태풍이 부는 동안 소설 쓰기, 어차피 바람신의 화는 풀어 드릴 수 없으니 맘대로 하소서의 시간 견디기.

여름에는 식초가 들어간 물회를 먹는 게 좋습니다. 된장에 마늘과 식초를 넣고 비벼서 찍어먹는 회도 좋습니다. 물회와 초마기(열무)김치와 물외(노각)만 있으면 여름 밥상은 충분해서 좋습니다. 가끔 젤리 같은 우미를 호로록 먹는 재미도 좋습니다. 성게를 금방 까서 커피숟가락으로 떠먹을 수 있는 여름이 좋습니다. 밤에는 슬리퍼를 끌고 나와 방파제에서 도란도란 얘기하는 동네 친구들이 좋고, 땀이 줄줄 흐르는 한낮의 몸을 움직이는 일도 좋습니다. 숨 막히는 더위를 느끼며 요리를 하거나 빨랫줄에 감물 들인 천에다가 물을 뿌리는 시간도 좋습니다. 새벽에 달리기를 하면서 깨꽃이 자라는 모습과 스프링클러를 틀어놓는 농부들의 모습을 바라보는 것도 좋습니다. 붉은 해가 떠오르는 사라봉 쪽을 힐끔 쳐다보거나 이호 바닷가의 매립지에 세워진 캠프카와 텐트 앞의 신발을 보며 뛰는 여름의 여명이 좋습니다. 여름엔 달리기를 하면서 바람의 세기가 달라지는 걸 느끼는 걸 좋아합니다. 돌아와서 샤워를 하면서 물의 온도와 몸의 온도의 변화를 측정하는 시간이 좋습니다.

사계절 중에 여름을 가장 좋아하는 이유 중의 하나는 감금독서와 폭풍 글쓰기 때문입니다. 쌓아놓은 소설책을 읽는 휴가가 좋습니다. 엎어져서 읽고 졸면서 읽고 선풍기 바람 앞에서 꼼짝 않고 읽는 책을 위해 자발적 감금 시간을 갖는 여름이 좋습니다. 뜨거운 여름을 더 뜨겁게 보내서 더위를 잊는 시간들을 좋아합니다. 몸과 영혼이 뜨거워서 밖의 온도를 잊어버리는 몰입의 극단을 좋아합니다. 해변에서 축구를 하거나 한밤에 사격장에서 사격을 하는 것보다 훨씬 재미있습니다. 다정한 친구들과 먹는 한라산 소주와 회 한 접시 그리고 매운 떡볶이와 생맥주 한잔, 청양고추를 넣은 몸국이 맛있는 계절입니다.

감물
들이기

　팔월의 땡볕에 말리는 갈천들은 제주의 여름 풍경 중 하나였습니다. 집집마다 마당 귀퉁이나 변소 옆에 땡감을 심어두고는 여름이면 초록 감을 땄습니다. 가을이 되어 주황색으로 익으면 먹는 감과는 달라서 땡감은 떫고 열매가 작습니다. 땡감은 옷감에 물들이는 용도가 대부분입니다. 초록 감을 빻아서 천이나 자루에 넣어 즙을 냅니다. 광목이나 삼베와 같은 천을 즙과 함께 빨래하듯 주무르고는 잔디에 펼쳐 널거나 빨랫줄에 널어놓습니다. 아들의 해어진 교복 셔츠나 누렇게 색이 바란 하얀 러닝 셔츠를 물들이기도 하고, 사위의 양복 속 와이셔츠를 얻어다가 물들이기도 합니다. 조심성이 없거나 초보자들은 즙을 여기저기 묻히고는 얼룩이 지워지지 않는 타일과 다라이를 보며 다음부터 실수를 하지 않겠노라 다짐하기도 합니다.

한번에 물드는 봉숭아꽃잎의 손톱 같다면 얼마나 좋을까요? 광목천과 셔츠는 햇볕에 바싹 말라도 색의 변화가 없습니다. 볕에 마르면 물에 적시고, 다시 볕에 널기를 여러 차례 해야 합니다. 구김이 없어야 줄무늬가 생기지 않습니다. 옅은 갈색에서 짙은 흙색까지 색의 변화를 느끼다 보면 팔월이 다 가고 맙니다. 그 해에 만든 여름 이불천이나 여름 갈옷은 다음 해를 위한 것입니다. 그래서 즙을 삼다수 병에 담아 냉동실에 보관해두는 집들이 있습니다. 다음 해의 오뉴월 볕에 말리고 나면 칠팔월에 이불이 되고 노동복이 되도록 말입니다. 요즘은 노동복보다 생활복이나 행사 때 입는 의복으로 갈옷이 많이 쓰이고 있습니다. 쪽이나 다른 천연 색소를 첨가하여 변형된 갈옷들도 종종 눈길을 끌고 있습니다. 하지만 갈옷은 입으면서 색이 바래가는 과정이 예쁜 의복입니다. 흙이 묻었는지, 감물이 빠져서 그런 건지 모를 색의 갈옷을 입고 있는 어른들이 패랭이를 쓰고 마루에 앉아 마농지를 찬물에 말아먹는 낭푼이밥이 제주의 생활입니다.

우영팟에서 따온 물외와 콩잎이 자리젓과 올라온 점심을 먹는 집도 보입니다. 자리 물회나 갈치와 늙은 호박과 고추, 소금만 넣은 갈치국이 올라온 밥상을 본다면 그냥 지나칠 수 없습니다.

"삼춘, 이수광~."

자연스러운 말붙임으로 다가가 앉게 됩니다.

"조케, 밥 먹게. 이리 오라."

동네 어른들은 숟가락만 얹으면 되는 낭푼이밥을 권합니다. 그리고 두런두런 햇볕에 그을린 여름이 건들건들 지나가도록 정을 나누며 삽니다. 한 그릇에 숟가락을 담고 밥을 많이 먹든 적게 먹든 흉도 없는 밥상으로 집안의 사정들이 공유됩니다. 갈옷을 입고 있는 흙색으로 그을린 얼굴들이 낮은 돌담 안에 모여 있으면 모두 한 가족 같습니다. 이 얼굴이 그 얼굴이 되어, 이 집이 그 집 같고 그 집이 이 집 같아집니다. 그래서, 제주의 사람들은 수직보다 수평의 사람들이 대부분입니다. 풍랑과 태풍 같은 재난이 닥치면 집집마다 차롱과 구덕에 메밀과 말려둔 해산물을 담고 나와, 어려운 처지의 사람들에게 나눠주고 복구를 위해 도와줍니다. 삼춘, 조케라는 호칭이 꼭 친척이 아니더라도 서로에게 붙여지는 이유가 이러한 까닭입니다.

감물 들인 천들이 빨랫줄에서 흔들립니다. 딸이 아기를 낳았는지 이불 크기가 기저귀만큼 작은 천들도 있습니다. 엉덩이와 무릎 쪽을 여러 번 기운 바지와 목이 해진 저고리도 보입니다. 감물 들인 옷은 세탁기에 세제를 넣고 돌리는 순간 까맣게 변하고 옷감이 약해져서 어머니에게 혼쭐이 납니다. 물에 땀만 씻기도록 여러 번 헹구어 물기가 좀 떨어져도 괜찮은 손의 힘으로 짜서 널어야 합니다. 너무 더러워졌을 때는 설거지용 세제를 넣어 살살 문지르다가 헹구어 빠는 정도로 해야 합니다. 노동복으로 입는 갈옷은 바래지고 흙으로 얼룩진 채 한 해 농사를 거들었다는 것이 최상품 의복과도 같습니다. 요즘에는 잘 볼 수 없는 옷이지만 가끔 그런 옷차림으로 나타난 어른을 만나면 제주의 토종 어른을 만난 것 같아 반갑습니다. 아버지의 여러 번 기운 갈옷이 바래지는 걸 바라보며 크는 자식들은 사치를 하는 것을 경계하게 됩니다. 이처럼 갈옷은 제주인의 밥상과 더불어 자연을 그대로 순응하는 의복입니다. 사계절을 그대로 체화하고 닮으려는 제주 사람들의 순수한 민낯을 흉보지 않고 당당하게 보여주는 것은 가면 없이도 한 생을 살 수 있다는 강인함 속에서 나옵니다. 척박한 수난의 역사를 살아오면서 살아남는 법을 배워왔습니다. 당당한 민낯과 자연에 순응하고 감사하는 자세는 시대의 격변 속에서도 제주를 지키는 근원이 되었습니다.

올해도 땡감들이 잘 열었습니다. 어머니가 혼자 사시던 집에는 땡감나무 한 그루와 귤나무 한 그루만 남았습니다. 요양원으로 가신 어머니는 코로나로 인해 면회가 불가합니다. 화상 통화만 몇 번 하는 동안 여름이 가고 있습니다. 함께 감물을 들이던 마당도 조용합니다. 깻단을 널고 육쪽 마늘을 까던 여름 한철이 사라져서 어쩐지 여름 같지 않습니다. 내년에는 마당과 빨랫줄이 빼곡하니 바쁜 여름이 찾아와주길 바라봅니다. 흔한, 제주의 여름 풍경이 그립습니다.

꽃불이 타는
모던 솔로

유월의 마룻바닥에 앉아 귀만 열어놓고 있습니다. 비 소식을 기다리는 사람처럼 매실열매가 달린 가지 사이를 지나가는 바람에 고개를 돌립니다. 장미가 아치형으로 덩굴져서 피어난 담장을 속절없이 바라보기도 합니다. 외로운 우주가 고아처럼 내 안에 들어앉은 모양입니다. 천체를 닮은 당신은 몹시 분주하여 망종이 오기 전부터 이리저리 흔적을 남깁니다. 장갑과 장화를 벗지도 못한 채 밥을 먹고 잠이 드는 농부처럼 말입니다. 함께 바빠야 하는데, 나는 오히려 우두커니 앉아있습니다. 몹시 비를 기다리는 사람처럼.

당신이 땀을 흘리며 열중할 때를 바라보는 게 얼마나 좋은지 모릅니다. 내게 선물을 주려고 열심히 준비하는 모습을 보아온 까닭입니다. 하지만 당신이 일에 지나치게 몰입하는 까닭에 나를 잊고 있는 게 아닌가 은근히 조바심이 나다가 비라도 내리길 바라는 염려로 바뀝니다. 쉼 없이, 잠 없이, 때로는 끼니도 거른 채 일에 걸신들린 사람처럼 빠져있습니다. 당신에게서 꽃불을 보는 나는 저러다 스스로 타버리지 않을까 여러 번 안절부절못했습니다. 하기야 당신과 내가 서로에게 열중할 때도 그랬으니 내게는 당신의 표식처럼 타버린 흉곽 속의 흉터가 아직도 남아있습니다. 어쩌면 그러한 경험으로 인해 당신이 일에 몰입할 때마다 나는 잠시 한 템포를 쉬는지도 모릅니다. 당신도 그랬습니다. 서로가 바쁘면 서로를 잊을 수도 있겠구나 싶어서 그런 것입니다. 당신과 나는 몰입이 지나쳐서 눈과 귀가 멀어버린 우주와 같습니다. 서로 닮은 모습에 순순히 마음을 연 듯도 합니다. 우린 말이 없어도 그랬고, 멀리 떨어져 있어도 외롭지 않았습니다. 마음에 온전히 들어앉아 있다는 확실한 믿음이 생기고 나서부터입니다. 당신의 눈으로 세상을 보았고, 당신은 나의 눈으로 세상을 읽었기에 가능합니다.

혼자여도 외롭지 않은 우리들 각자의 거처에 몰려든 입들이 수런거리기도 했습니다. 저들끼리 떠들다가 우리의 모습이 보이면 잠잠해지는 사람들이 창가를 지나가기도 합니다. 안 들리는 척하던 우리는 서로의 안부 속에 킥킥대는 유머를 써 봅니다. 가끔 그들의 등 뒤에서 우리는 그들이 소곤대던 이야기를 짐작하며 흉내쟁이의 대사를 읊조립니다. 연극배우처럼요. 그리고는 서로 깔깔대며 웃습니다. 웃다가 눈물이 나면 몸속으로 허무가 밀려듭니다. 사람살이가 다 그런 거라서, 우리는 사람들 속에서 가끔씩 연극을 해야 하는 미아들 같습니다. 사람들은 매일 누군가를 만나서 확인하고 말을 건네고 함께 잠들어야 안심하는 삶을 원하는 듯합니다. 우리 사이에선 불가능한 일입니다. 우리 사이에 이루어질 수 없는 삶을 사람들은 원합니다. 각자의 방이 없다면 당신과 나는 벌써 절교를 했을 겁니다.

당신이 무기력에 빠져서 여행을 하는 동안 나는 몹시 바빴습니다. 이제 당신이 바쁩니다. 하지만 나는 비행기를 타고 창가에 붙어 앉아 저무는 지평선과 구름 위의 코발트색 하늘을 멍하니 바라보며 달아나지 않겠습니다. 젊은 날의 버릇이 습관처럼 때마다 병으로 도져서 나는 자꾸만 어딘가로 떠납니다. 더 이상 나를 기다리며 쇠락해지는 당신이 보고 싶지 않습니다. 나도 이젠 바닥에 앉아 정원을 바라보며 당신과 궤도를 달리하는

삶을 지낼 줄도 알게 되었으니까요. 허공도 좋지만 이제 땅바닥
도 나쁘지 않은 나이가 되었습니다.

유월의 바람이 따뜻하고 정갈하니 좋네요. 햇빛이 강해지는
걸 보니 여름이 짙어지려나 봅니다. 구릿빛 피부가 되어 돌아
올 당신의 문장들을 기다리다가 당신이 읽어주는 문장들이 빗
소리인가 싶어 스르르 잠이 들기도 하겠습니다. 기면증이 다시
찾아온 내게 당신의 불면이 써내려간 작품이 선물처럼 도착하
겠군요. 그러니 내 걱정은 말고 바삐 움직이다 오십시오. 잠깐
낮잠이 들어도 발꿈치를 들고 돌아서지 말고 깨워주세요. 땀내
나는 당신의 건강한 움직임으로 우주에서 고아처럼 떠도는 꿈
을 꾸는 나를 깨워 사람살이로 복닥거리는 이 생으로 불러들여
주십시오.

다정히
부르는
이름에게

바다만 보고 살던 내가 제주 시내 고등학교에 다닐 때였습니다. 여고에 다녔으니까 당연하게 짝사랑은 총각 선생님들께로 향했습니다. 1학년 때 수학 선생님이 갑자기 육지로 발령받고 가게 되었습니다. 수학엔 재능도 감도 노력도 헛발질인 내가 그리 열심히 좋아했던 총각 선생님을 배웅하러 공항에 갔습니다. 그런데 수학 선생님의 애인이 나타났습니다. 청바지에 티를 입은 수수한 여자였습니다. 별말 없이 헤어지는 두 사람과 몇몇 여고생들 사이에서 처음으로 내가 나 혼자에게 이별을 통보하며 사랑하는 사람들의 모습을 관찰하게 된 곳입니다. 총각 선생님의 눈물 가득한 눈과 울고 나서 금방 세수한 듯 바라보기만 하는 애인의 얼굴을 보고 나서 깨끗이 총각 선생님에 대한 사랑을 접었습니다. 사랑은 수식어가 필요 없고 요란한 장식도 필요 없다는 것을 두 사람을 보고 단박에 알게 되었습니다. 이별 또한 그런 것이겠지요. 사랑은 그런 것이지요. 공항에서의 사랑과 이별은 그 어떤 책과 드라마보다도 확실하게 보여준 셈입니다. 이제는 이름도 까먹은 선생님이지만, 다정히 그 눈빛과 목소리를 기억 속에서 불러봅니다.

족아도
해녀 아지망*

제주의 아름다운 해안가 중에 차귀도가 보이는 고산리에는 당신의 누님이 물질을 하고 계십니다. 가까운 이웃 마을에 팔순이 넘은 어머니께서도 물질을 하셨지만, 상군이라 불리는 최고 고수인 누님의 물질 앞에서 내 입은 벌어지고 말았습니다. 나에게 북바리를 작살로 쏘아서 잡아주신 분이십니다. 누님을 닮아서인지 당신은 벵에돔과 돌돔을 낚싯대로 잡아 주십니다. 하지만 누님의 작살 솜씨는 세상 어느 누구도 따라갈 수가 없을 겁니다. 집안의 대소사 때마다 게영국(탕국)과 소라, 전복, 성게, 문어 등 모든 상차림의 재료는 누님의 손길을 거쳐야만 했습니다.

제주 해녀들은 추운 겨울에도 바다에 들어가 해삼과 전복을 채취합니다. 물살이 세거나 눈발이 날리는 날에도 당신의 누님은 아무렇지 않은 듯이 바다로 나가십니다. 그리고는 나에게 전화를 걸어와 전복과 해삼을 가져가라고 하십니다. 가끔 육지에서 오신 작가들과 횟집을 가게 되면 자연산 해산물과 고기들의 가격을 가늠할 수 있습니다. 그리고 양식 어종에도 감탄을 연발하며 드시는 작가들 속에 섞여 새삼 당신의 누님께서 나에게 쏟는 애정을 실감하게 됩니다. 누님께선 어마어마한 시가를 받고 팔 수도 있는 자연산을 아낌없이 당신과 나에게 주십니다. 가끔 받기 송구스러워 손을 내저으면 당신의 어머니와 똑같은 말씀을 하십니다.

"공 갚을 데 있으면 선사하라."

제주는 해안을 따라 풍광을 보며 달릴 수 있는 도로가 있습니다. 하지만 서귀포와 제주시 사이의 급한 볼일로 빠르게 가야 할 때는 일명 산업도로라고 불리는 도로를 타고 횡단해야 합니다. 이 도로 가까이에는 말과 소들이 보이는 초원과 들불축제로 유명한 새별오름도 볼 수 있습니다. 하지만 생각지도 못한 안개를 만나게 되면 한 치 앞도 분간할 수 없게 됩니다. 제주에서 결빙과 폭우보다도 무서운 것은 안개입니다. 짙은 안개를 만나면 대책 없이 엉금엉금 직감으로 차를 몰아야 합니다. 자칫하다가는 능숙한 길이라도 중산간 낯선 마을에서 멈추게 된 자신을 발견할 수 있을 겁니다. 신의 마법에 걸린 듯 중산간에서 길을 잃고 머리를 긁적일 수도 있습니다. 제주의 바닷속이 이러할진대 당신의 누님은 팔뚝만 한 전복을 캐시고는 생물을 먹일 요량으로 내게 전화를 걸어왔습니다. 나는 급한 마음에 산업도로를 탔다가 짙은 안개를 만났습니다. '아, 전복을 먹을 욕심에 내가 죽는구나….' 다시 제주시로 돌아갈까 하는 마음을 접고 엉금엉금 차를 몰고 안개를 뚫고 고산리까지 갔었습니다. 안개를 뚫고 가는 동안 누님의 목숨과도 같은 물질과 수궁에 든 심청과 이렇게 캔 전복을 아무 대가 없이 나에게 줄 수 있을까 하는 감탄이 경이로움으로 바뀌었습니다. 나 또한 목숨이 위태로워 봐야 상대방을 이해한다는 어리석은 깨달음들이 교차했습니다. 산업도로를 빠져나와 이시돌 목장을 돌아 저지오름을 지났습니다. 아득하게만 보였던 누님이 사시는 고산리 마을은 저녁 별들과 낮은 지붕들이 아기자기하고 평화로운 모습으로 고요히 자리 잡고 있었습니다. 초주검이 되어 누님에게 찾아갔더니

"해삼을 캐면 다시 전화하마."

나를 막내 여동생 대하듯 감싸주셨습니다. 물론, 돌아오는

길은 안개가 없는 해안도로를 따라 금능과 협재, 애월을 지나는 안전모드를 택했습니다.

해녀들은 수압을 견디기 위해서 귓구멍이 점점 작아집니다. 바람의 영향으로 목소리가 크고 단답형의 언어를 사용하는 것을 자칫 전투적으로 오해할 수도 있겠습니다. 하지만 물질을 오래 하다 보면 귀가 수압에 맞게 변형된다는 사실을 알게 되었습니다. 그래서 해녀들은 상대방의 말을 잘 듣지 못하기 때문에 큰소리로 의사표현을 합니다. 육지 여자들처럼 자분자분 이야기할 처지도 못 됩니다. 할 일이 많아서 마음이 급하기 때문이기도 합니다. 혹시 해녀 할머니들이 잡아 올린 해삼과 성게 앞에서 질문을 하다가 단답형의 무뚝뚝한 대답을 들으신 육지분들이시라면 이러한 점을 알아주시고 이해해주시길 바랍니다.

해녀들은 바다에만 가는 게 아닙니다. 물때가 아닐 때에는 마늘을 수확하고 참깨를 장만하고 양배추, 양파, 브로콜리 등 밭일을 하십니다. 물론 마을의 단합대회 경조사에도 수눌음(품 앗이)으로 서로를 거들어 줍니다. 또한 제주의 바다에 물건이 없을 때에는 일본으로 가거나 육지로 나가 물질을 하다가 돌아오시곤 합니다. 당신의 누님도 그러한 생을 살았습니다. 누님께선 나이가 육십이 넘었지만 해녀 중에 젊은 축에 끼므로 쉼팡이나 불턱에 앉아 놀 수가 없는 까닭입니다.

* '작아도 해녀 아줌마'의 제주어 표기

해녀 할머니들이 잡아 올린 해삼과 성게 앞에서
질문을 하다가 단답형의 무뚝뚝한 대답을 들으신
육지분들이시라면 이러한 점을 알아주시고
이해해주시길 바랍니다.

바위섬을
사랑하는
사나이

당신은 섬에서 돌아올 적마다 검은 봉지에 담긴 모자반을 사오옵니다. 만 원어치를 사오는 날도 있고, 오천 원어치를 사오는 날도 있습니다. 식당에서 파는 몸국을 사먹는 일은 있어도 직접 요리를 하는 것은 번거로운 일이라 모자반이 선뜻 내키지 않습니다. 제주에선 모자반을 몸이라 부르고 몸이라 표기합니다

당신은 낚시를 가면 사나흘에서 한 달 동안 돌아오지 않습니다. 당신이 잡은 고기는 어디다 두고 모자반만 들고 돌아오시는지.

어느 날, 당신이 이야기를 들려주더군요. 섬의 포구에서 배를 기다릴 때면 모자반을 파는 비바리가 있다고요.

"몸 삽써, 몸을 사. 오천 원이우다."

비바리를 빤히 쳐다보는 관광객들 앞에서 살짝 낯을 붉힌 비바리가 고쳐 말하더랍니다.

"맘 삽써, 맘, 오천 원마씸."

그래서 당신은 그녀의 몸과 마음을 다 사고 왔노라고요.

눈이 커진 내게서 등을 돌리고 당신이 키득거립니다. 그래서 나는 당신을 찾아 섬으로 들어갔습니다. 정말로 포구에는 모자반을 검정 비닐에 담고 파는 곳이 있더군요. 등이 굽고 주름이 깊어 수경과 태왁으로도 가릴 수 없는 여인이 있었습니다. 그 여인은 열세 살 적부터 섬에서 물질을 했다고 합니다. 섬을 떠나본 적이 없는 비바리가 팔순이 다 되도록 섬의 테두리에서 물질을 하고 있습니다. 당신은 어머니와 누님을 생각하며 모자반을 사왔나 봅니다.

마당과 포구에 널어서 말리던 모자반으로 국을 끓여먹던 옛집이 그리웠나 봅니다.

천년의
바람을 간직한
돌담

제주에 오면 흑룡만리라고 불리는 돌담의 휘어진 자태에 놀라게 됩니다. 돌담 또한 가슴께 정도나 경계 표시 정도로 낮게 쌓기도 합니다. 태풍이 관통하는 매년 여름을 맞이하고도 돌담은 끄떡없습니다. 쓸려가는 간판과 절단이 난 전봇대와 건물들 앞에서도 금방이라도 무너질 듯 엉성하게 쌓았던 돌담만은 그 모습 그대로 태풍을 통과시켜 버립니다.

돌담의 용도는 《동문감》의 기록에서 알 수 있듯이 힘 있는 토호세력들이 힘없는 백성의 땅을 빼앗는 사태를 방지하기 위해서였습니다. 경계의 목적이라는 뜻이기도 합니다. 또한 농경을 시작하면서 돌로 뒤덮인 밭(빌레밭)을 개간하였는데 이때 건어낸 돌덩어리들을 처치하기 위해 쌓은 것을 돌담의 시초로 보기도 합니다. 다음으로는 소와 말이 농경지에 들어와 곡식을 훼손하는 것을 방지하기 위해서 쌓은 것과 조상묘를 보호하기 위해서 쌓은 산담을 들 수 있습니다. 제주 돌담은 그 가치를 인정받아 2013년 1월 국가중요농업유산으로 지정된 데 이어 2014년 4월에는 세계농어업유산으로 등재됐습니다.

제주의 돌담은 아무나 쌓을 수 없습니다. 제주의 돌담이 강한 바람에도 허물어지지 않는 이유가 돌담 사이사이에 틈이 있기 때문만이 아니라는 뜻입니다. 제주의 돌챙이(석공)들이 돌을 쌓는 과정에서 그 답을 찾을 수 있습니다. 돌담을 쌓는 과정은 먼저 바닥에 담굽을 조성한 후 그 위로 돌담을 쌓아올리는데, 돌담이 완성되면 한쪽 끝에서 돌담을 흔들어봅니다. 이때 맞은편까지, 즉 돌담 전체가 유기적으로 흔들거려야 제대로 쌓은 것으로 인정합니다. 그렇지 않으면 강한 바람이 불 때 돌담이 무너진다는 사실을 알기 때문입니다.

"제주 바람은 현재 진행형이다."

많은 화가들과 사진작가들의 작품 속에서 찾아낸 제주바람의 정의가 현재 진행형이라면

"제주의 돌담은 천년의 바람을 간직한 미래다."

라고 정의하면 어떨까요.

유월의
음악

　모래성을 쌓기 좋은 유월입니다. 모래로 만들어진 당신과 나는 허무주의에 대한 비슷한 표식을 갖고 있어서 그렇게 첫눈에 흠뻑 빠졌나 봅니다. 모래성 쌓는 것을 즐기는 걸 알아차린 것입니다. 그래서 소유하려 들지 않습니다. 당신은 나만의 사람이 아닙니다. 누구의 것도 아닙니다. 그것을 온전히 받아들이기까지 많은 질투와 애욕의 낮과 밤을 건너야 했습니다. 그렇습니다. 시간이 해결해주더군요. 처음 가졌던 믿음의 힘으로 당신을 포기하지 않는다면 말이지요. 그래서 당신에게 자유로울 수 있고 더욱 사랑할 수 있게 되었습니다. 나 역시 모래로 만든 사람이

기에 당신이 앓고 있다는 걸 눈치채고 있었습니다. 당신과 나는 같은 사람입니다. 그래서일까요. 그냥 나에게 온 당신이 좋습니다. 요즘 당신이 쌓는 모래성을 구경하고 있는 자체만으로도 행복해 죽을 지경입니다. 그래서일까요. 내가 듣는 유월의 음악은 밝고 상쾌합니다. 콧노래의 허밍까지 곁들인 아침 산책이 좋습니다. 당신이 쌓은 모래성을 감상하면서 나의 손에도 모래가 잡히기 시작했습니다. 나의 모래성도 곧 모습을 드러낼 듯합니다. 아름다운 전이는 이토록 좋은 에너지의 파동으로 서로를 물들입니다. 유월의 초록과 닮았습니다.

무기력한 사람들이 늘어나면 좋지 않습니다. 세계를 전복시킬 전쟁을 기대하게 되니까 말이지요. 손과 발을 부지런히 써서 모래성을 쌓는 사람들은 전쟁과 종말을 원하지 않습니다. 새로운 세상과 더 나은 행복이 생길 거란 망상 따위를 즐기지 않기 때문입니다. 그래서 교주들의 화술에도 현혹되지 않나 봅니다. 편벽된 세계를 갈망하는 권력자들과 자본에 농락당하는 삶을 견디지 못합니다. 그래서 허무주의가 몰려와 잔뜩 하늘을 가린 날엔 입을 다물고 있나 봅니다. 기운 없이 세계를 관망하고 있나 봅니다. 신도 어찌할 수 없는 세계를 인간인 우리가 어찌하려는 것은 오만이란 생각이 듭니다. 자기 자신의 불안도 어쩌지 못해 무리 속에 휩쓸려가는 사람들의 가면을 덧없이 보아왔으니까요. 오, 이런 유월이 시작되었는데 쓸데없는 독설들을 뱉었군요. 맑은 물 위를 더럽혔습니다. 얼른 손으로 물 위에 뜬 먼지들을 쓸어내야겠습니다. 맑고 투명한 물속에서 헤엄을 칠겁니다. 당신이 모래성을 쌓은 황홀한 이 순간을 물속에서 춤을 추며 즐길 겁니다. 하마터면 거리로 나가 춤을 출 뻔했습니다. 당신의 모래성을 자랑하고 싶어서 온몸이 간지러워 혼났습니다. 내가 죽을 때까지 춤을 추게 해주십시오. 당신으로 인해 춤을 추는 여인이게 해주십시오. 유월의 음악처럼요. 영화 〈아웃 오브 아프리카〉의 명장면에서 흘러나오던 Flying Over Africa와 모차르트의 곡을 틀어 놓겠습니다.

여름의
마지막 장미

초원이 있는 섬에 산다는 건 정말 행운입니다. 프랑스의 프로방스를 지날 때, 이시돌 초원을 지나는 줄로 착각할 정도였으니까요. 알퐁스 도데의 〈별〉이라는 작품과 고흐와 고갱이 머물던 〈아를의 집〉 그리고 릴케가 편지를 쓰던 곳이 프로방스입니다. 알베르 카뮈가 죽기 전에 살았던 곳도 프로방스의 아주 작은 마을이었습니다. 특히 여름에는 보라색 라벤더가 초원을 멋지게 물결치듯 흔들거리면 세낭크 수도원의 종소리도 함께 흩어진다는 프로방스를 여행하는 동안 이시돌의 클라라 수도원을 생각했습니다. 피카소와 애인 도라 마르가 살았고, 세잔이 있었습니다. 빛과 바람이 만든 초원의 색채를 화가들이 가만둘 리 없었겠지요. 프랑스에 프로방스가 있다면, 우리에겐 제주도의 이시돌 초원과 가시리 초원을 잇는 긴 도로가 있습니다.

우리가 오르던 새별오름을 기억하시겠지요. 프로방스를 닮은 이시돌의 새별오름을 사랑하는 나는 이른 유언을 남겼습니다. 아이들에게 나의 뼛가루를 새별오름에 뿌려달라고 했습니다. 당신과 오르던 새별오름에서 천년만년 당신을 기다리며 살아도 좋겠습니다. 우리가 함께 보던 보름달과 정상에서 바라보던 수평선의 빛, 마지막 빛을 간직하며 나의 영혼은 초원에 부는 바람과 함께 흔들려도 좋겠습니다.

그리고 동쪽에는 가시리의 초원이 있습니다. 동유럽을 연상시키는 안개와 젖은 나무가 계절과 시간을 진공 상태로 놓아둔 곳 말입니다. 오소록하게 당신과 키스만 하고 싶어지던 가시리에는 고려의 가요 같은 이별 노래를 닮은 길고도 긴 도로가 있습니다. 드라이브를 하는 동안 말이 없는 서로를 위해 누군가가 벗나무와 유채꽃을 양쪽 길가에 심어놓았습니다. 유성영화처럼 말의 모형들이 녹슨 쇠붙이들로 제작되어 있습니다. 윤기나는 갈색 털들을 닮은 부식이 쇠붙이를 덮었습니다. 사람들은 쓸모없음에서 새로운 발상의 기회를 찾나 봅니다. 초원에서 예술가들의 영감이란, 뛰노는 말들처럼 불꽃이 되어 열정으로 분출하는가 봅니다. 그래서 그 많은 예술가들이 초원을 사랑하여 시대를 불문하고 찾아들고 있습니다. 당신과 섬의 동쪽, 성산포를 가던 길에 잠시 샛길로 빠져들었습니다. 그곳이 가시리였습니다. 오름의 여왕이라는 따라비오름이 있는 곳이지만, 우리의 관심은 우수에 젖은 길가의 나무들과 끝없이 한 방향으로 향하는 차 안에서의 침묵이었습니다. 말없이 하루 종일 곁에 있어도 행복한 사람이 있다는 것은 다행이자 감사할 축복입니다. 부담과 두려움이 없는 관계는 흔하지 않습니다. 점점 흔하지 않아집니다. 나 외엔 두려운 시간들이 나이와 함께 찾아옵니다. 자기검열과 타인의 평가에 대한 예민함은 상처받기 싫은 본능이 울리는 신호음이니까요. 그럴 필요가 없는 사람이 곁에 있다는 것은 너무 가깝거나 친해서가 아니라, 믿음이 간다는 의미이기도 합니다. 함부로 평가하거나 발설하여 자신의 자랑이나 무기로 삼지 않으리란 믿음. 의리보다 더 좋은 가치라고 생각합니다.

당신과 가시리의 허름한 식당에 앉아 제주 토속의 맛이 아직 남아있는 톳순댓국과 두루치기를 먹었습니다. 제주 막걸리도 한 잔 마셨습니다. 늙은 호박이 심심하니 뭉텅뭉텅하게 삶아져 찬으로 곁들어져 있었습니다. 추자도에서 잡은 꽃멜이 젓갈로 나오고 텃밭에서 따온 상추와 고추가 볼품없는 모양으로 올라와 있었습니다. 온실에서 키우지 않고 자연 속에서 컸으니 맨얼굴들이 가지가지였습니다. 정직한 밥상을 받은 기분과 함께 톳이 들어간 순댓국에서 순대를 찾아 먹었습니다. 제주의 경조사에서만 맛보았던 진하고 깊은 순대에 치아가 푹푹 빠져들었습니다. 당면이나 다른 야채가 섞이지 않은 순수한 순대를 먹을 수 있는 곳을 혼자가 아닌 당신과 함께 찾아갔습니다. 혼밥이 아닌 겸상을 차리면서 주인 할아버지의 눈이 약간 크고 동그래졌습니다. 순대처럼요.

당신이 여러 해 오지 않은 날들이 지나고, 사계절의 열기도 순환하고 있습니다. 새벽에 까닭도 모르게 일찍 일어난 나는 저절로 운전대를 잡고 달리기 시작했습니다. 자석이 끌어당기는 것처럼, 목적도 일정도 없던 나는 분홍빛으로 구름이 물드는 초원을 향해 달렸습니다.

이시돌의 새별오름과 수도원 그리고 가시리의 젖은 나무 길과 아직 문을 열지 않은 순댓국 집은 그대로였습니다. 차 안에서 말없이 듣던 음악만이 초원의 사진관에 걸려 있습니다. 클라라 주미강이 연주하던 에른스트의 〈여름의 마지막 장미〉를 들으며 팔월의 새벽에 초원을 달려봅니다. 까마귀들이 잠시 도로 위를 걷다가 놀라 날아오릅니다. 아침 햇살이 초록 들판 위를 노랗게 칠하다가 바람과 함께 돌아봅니다. 고흐와 고갱이 스케치하던 별과 바람과 나무들이 프로방스를 떠나 제주의 한 허리를 베어 물고 횡단하는 나의 곁으로 내려 앉아 말없이 음악을 듣고 있습니다. 스테파네트 아가씨도 간밤에 머물다 가셨는지 목동이 몰고 가는 말과 소들의 방울 소리가 또렷하고 맑습니다. 목장의 우유를 넣은 커피와 갓 구운 빵이 새벽녘부터 싸돌아다닌 장미를 위해 차려진 카페 문이 열릴 시간입니다.

아직도, 나는 당신을 잊지 않고 있습니다. 우리의 초원도 사랑 그대로의 모습으로 우리를 원하고 있습니다. 초원이 주는 건강한 허기가 당신이 없는 동안에도 나를 무탈하게 지키고 있으니, 걱정 말고 천천히 돌아오십시오.

우리가 함께 보던 보름달과 정상에서 바라보던
수평선의 빛, 마지막 빛을 간직하며 나의 영혼은
초원에 부는 바람과 함께 흔들려도 좋겠습니다.

나의 하루는
섬 그늘에 앉아
바다를 바라보다
돌아서는 일뿐이죠

한라산을 기점으로 제주시는 산북이라 불리고, 남쪽 서귀포
는 산남이라 불립니다. 산북에서 산남을 가는 길은 여러 갈래
입니다. 오늘은 당신과 새벽을 달리던 5·16도로를 달렸습니다.
산북의 날씨는 화창하지만, 산남의 날씨는 가봐야 알 수 있습
니다. 제주는 한라산을 넘는 바람과 구름에 따라 날씨가 제각각
입니다. 성판악 휴게소 방향으로 5·16도로를 달릴 때까지만 해
도 하늘이 맑습니다.

성판악 코스로 한라산을 오르던 생각이 나는군요. 길고 지

루한 성판악 코스는 한라산을 오르는 코스 중에 가장 긴 시간을 걸어 올라가야 합니다. 하지만 완만한 코스를 원하거나, 한라산 중턱의 사라오름의 경치를 보고 싶을 때 올라가야 하는 곳입니다. 여우가 하루에도 수십 번 시집을 가는 제주에서 눈먼 바람까지 만나는 날은 한라산에서 혼쭐이 날 수 있습니다. 여신의 손거울이란 애칭이 예쁜 사라오름까지 갔다가 되돌아오던 등산이 떠오릅니다. 산뜻한 점퍼와 운동화를 신고 올라갔다가 비바람을 만났습니다. 오월의 어느 싱그러운 날, 비바람과 추위로 날벼락을 맞은 나는 연둣빛 얼굴을 하고는 그만 내려와야 했습니다. 왜 사람들이 무거운 배낭을 메고 잔뜩 껴입고 가는지 알게 되었습니다.

성판악을 지나, 숲 터널부터 빗방울이 쏟아집니다. 도로 양옆으로 나무들이 하늘을 가리면서 터널을 만들고 있습니다. 신기하게 바라보던 당신을 위해 위험을 무릅쓰고 택했던 코스였습니다. 숲 터널을 통과할 때면 누군가 일부러 나무들을 구부려서 터널의 지붕을 만든 듯합니다. 연두의 싱그럽던 잎들이 어느새 초록으로 짙어졌습니다. 여름의 잎들이 두꺼워진 것은 태양이 그만큼 뜨거워졌다는 뜻이겠지요. 하늘을 가린다고 가렸지만, 빗방울들이 초록 잎을 타고 나의 자동차 지붕을 두드립니다.

피아노 건반이 되어버린 나와 자동차는 음을 내는 악기가 되었습니다. 여름의 악기는 경쾌하고 빠른 곡을 연주하기에 안성맞춤입니다. 드레스를 입고, 밤 야경이 보이는 섬의 난간에서 춤을 추면 좋겠습니다. 좋은 음률이 나의 입에서 함께 흘러나옵니다. 보사노바풍의 음악이 듣고 싶어지는군요. 하지만 그럴 수 없겠네요. 숲 터널을 지나면 다음은 모두 위험천만한 내리막길과 S자 곡선뿐입니다. 긴장하며 달려야 하는 위험한 구간입니다. 평소 좋아하던 연인과 뒷자석에 탔다면 신났을 코스입니다. 운전대를 잡은 이는 등줄기로 식은땀이 흐를 테지만요.

그날, 당신은 내가 식은땀을 흘리는 줄도 모르고, 조수석에 앉아 흔들흔들거리는 게 좋아서 졸음이 왔을 테지요. 당신을 쳐다볼 수 없던 나는 죽음의 구간이 빨리 끝나주길 바랐던 것입니다. 지금 생각해보면, 당신과 함께 동시에 죽을 수 있다면 큰 축복이겠구나 싶습니다. 혹시, 당신이 딴 생각으로 소름 돋으실까봐, 이런 말은 거두고 혼자만의 생각에 넣어두겠습니다.

지귀도가 보이는 서귀포까지 달려왔습니다. 당신과 함께 보던 지귀도가 사라졌습니다. 안개로 가린 지귀도는 어디로 소풍을 갔을까요? 날씨를 종잡을 수 없으니 어쩔 수 없지요. 미당이 제주 처녀와 함께 살았다던 지귀도는 평평하고 낮은 무인도입니다. 안개가 덮인 작은 섬에서 그들은 어떻게 살았을까요? 서귀포시 하효동과 남원읍 하례리 사이를 흐르는 효돈천 하구의 쇠소깍에서 바라보면 지귀도는 너무나 작아서 섬이라고 상상하지 못할 겁니다.

　미당은 떠나고 지귀도만 남았습니다. 목월이 떠나자 칠성통 거리가 남았고, 그들의 연애사만 남았습니다. 사랑보다 우정이 겨울까지 빛난다는 에밀리 브론테처럼 우리에겐 우정이 지속되려나 봅니다. 그래서 당신이 참 좋습니다. 부디, 당신은 위대한 작품을 제주에 새겨주십시오. 섬에서 태어나 종일 바다만 바라보아도 대문호를 꿈꿀 수 있게 멋진 친구여, 나의 거인이 되어 주십시오. 네루다가 우편배달부에게 그러했듯이 섬 그늘에 앉아 바다를 찬미하는 내게 큰 바위 얼굴이 되어 주십시오.

유월에
맺힌 이슬

　산수국의 잎사귀를 말리고 덖어 차를 만들었습니다. 투명한
차를 우려내어 마십니다. 차의 맛이 익숙한데 도통 생각이 나지
않습니다. 시럽을 옅게 탄 꿀물 같기도 합니다. 텃밭에 나가 비
둘기를 쫓고 상추와 깻잎 사이의 잡초를 뽑아봅니다. 그러다 생
각이 났습니다. 사루비아 꽃즙입니다. 중앙여고의 교화이기도
한 붉고 길쭉한 꽃이 사루비아입니다. 꽃의 끝부분에는 산수국
차의 맛과 같은 옅고 묽은 꿀맛이 납니다. 깨끗고 뛰놀던 조그만
아이였을 무렵의 나는 동네 화단의 사루비아를 죄다 빨아먹다
개미를 삼키기도 했지만 그 맛의 유혹을 참을 수가 없었습니다.

찻집 주인은 첫 키스의 맛이라며 우리에게 이슬차를 내어주었더랬습니다. 눈이 호동그랗게 커진 우리는 서로를 바라보다가 누가 먼저랄 것도 없이 이슬차가 식기를 기다리며 호호 불었습니다. 첫 모금을 마신 후 우리는 가만히 서로를 바라보았습니다. 그리고 이내 고개를 끄덕였습니다. 그리고 한 봉지씩 사들고 찻집을 나왔습니다.

길가에 뭉텅뭉텅 피어난 수국보다는 산수국이 좋아 수목원 숲에 들어가는 유월입니다. 중산간에 핀 푸르른 빛들이 좋기는 하지만 혼자 가기엔 어쩐지 으스스합니다. 나의 고향에선 도채비꽃이라 불려서 그렇기도 하지만 홀리는 푸른 기운에 나의 정신을 놔버릴 것 같아 조심스럽습니다. 굴룬각시(정부)들이 헛꽃으로 피어나 벌과 나비를 유혹하는 산수국은 무성화입니다. 씨받이로 헛꽃을 이용하는 본처는 서양의 시녀를 둔 귀족 부인 같습니다. 헛꽃은 꽃가루가 묻은 벌을 만나고 난 후 땅 쪽으로 몸을 숙입니다. 이제 솔로가 아니라는 제스처를 보내어 다른 벌들에게 헛걸음을 하지 말라고 전갈을 보내는 것입니다. 제주의 큰어머니와 작은어머니들이 제삿집에 모여 함께 한 밥상에서 밥을 먹는 것을 보고 놀랐던 기억이 산수국을 통해 자주 떠오르기에 더욱 멈칫하는지도 모르겠습니다.

큰어머니와 작은어머니라고 부르는 호칭은 교과서에서 배운 가계도의 호칭이 아닙니다. 이모와 삼촌이 많은 제주에서 그렇듯이 말이죠. 큰각시와 족은각시처럼 굴룬각시가 아이를 낳으면 정식으로 작은어머니가 됩니다. 그래서 조부들의 족보가 복잡해지기도 합니다만, 출륙금지령과 전쟁과 바다에서 생업을 해오던 곳이라서 가능했습니다. 남자의 수가 절대적으로 부족한 섬에서의 가족 형태의 변형이라고 볼 수 있습니다. 지금은 이혼을 선택하여 곱가르(살림을 가르다)지만 어머니 대까지는 집을 분리하여 큰어머니와 작은어머니들이 사이좋게 지냈습니다. 제사와 같은 대소사에도 함께 앉아있을 정도로요. 세배를 하는 아이들이 어리둥절할 때도 많았습니다. 그녀들이 죽으면 남편의 주위에 묻는다는 집안도 있습니다. 당신처럼 이해할 수 없는 문화라고 나 또한 생각했습니다. 하지만 부럽기도 합니다. 그런 남편을 용서하고 굴룬각시들을 포용할 수 있는 아내는 현대 문명에서는 찾아보지 못할 듯합니다.

나 또한 그럴 만큼의 이해와 포용력은 없습니다. 산수국처럼 아이를 못 낳는 처지도 아닌데 둘째, 셋째 부인이라니요. 당신이 나 말고 몰래 만나는 굴룬각시가 있다면 용서하지 못할 듯합니다. 하지만 내가 꿀벌이 아닌 뱀처럼 독을 내뿜는 아내나 애인이라면 남자가 불쌍할 듯도 합니다. 한 여자와 평생을 살며 사랑을 나눠야 하는데 꿀을 주는 여인이 아니라 독을 주는 여인이라면요. 거울을 얼른 찾아서 내 모습을 살펴봐야겠습니다. 머리카락을 정갈하게 빗고, 말빛과 웃는 얼굴을 점검해보겠습니다. 혹시 당신께 잔소리를 했나요? 혹시 눈을 가늘게 떠서 흘겼나요? 안 될 일입니다. 어떻게 만난 사이인데요. 나는 절대로 당신에게 메두사가 되길 원치 않습니다. 첫 키스의 기억을 잊지 않는 꿀벌처럼 당신을 풀잎처럼 영원히 바라보려 합니다. 나의 눈은 당신의 첫 마음 외엔 어떠한 것도 보지 못하는 청맹과니가 되고 싶습니다.

손수건에 그린
차롱길 지도
한 장

정신을 한곳에다 쏟아붓고, 몸과 시간까지 몰아놓고, 도시인으로 살았습니다. 자고 나면 바뀌는 전광판의 광고와 인스턴트 속에서 시계는 헐떡였습니다. 이제 다시 달아난 시간과 광장으로 향하던 제가 돌아오는 길입니다. 경쟁은 끝났고, 함께 활시위를 겨누던 사람들이 각자의 집으로 돌아갔습니다. 작은 것들이 사라지고, 낡은 것들이 사라지고, 단출함이 사라지는 도시에서 훌쩍 떠나온 곳, 잊히기 싫은 당신이 그대로 붙박이가 되어 사는 곳으로 돌아왔습니다. 손수건에 그린 차롱길 지도 한 장 들고 오시록헌 마을에 무턱대고 내린 겁니다.

도시인이던 나와 배웅을 마치고 돌아와 책을 읽고 있습니다. 쌓아놓고 읽지 못했던, 기다려준 책들에게 감사합니다. 커피와 빵과 독한 음식들로 지독하게 몸을 달구던 식탁도 치웠습니다. 손수 지은 밥과 우영팟의 채소들로 식탁을 채웠습니다. 초를 켜고 꽃을 꽂았습니다. 파란 지붕의 마루에 요를 깔고 누워 책을 읽고 있습니다. 음악을 듣다가 까무룩 잠이 들었습니다. 가재미처럼 납작해져서야 저린 몸을 일으켜 거리로 나왔습니다. 아무렇게나 입은 민낯의 츄리닝 차림으로 느릿느릿 차롱길을 따라 산책할 것입니다. 팽나무 아래서 차를 한잔 마시기도 했습니다. 당신과 먹었던 빙떡과 보말 칼국수가 사무쳐 목울대가 잠기기도 했습니다. 딱히 누굴 만나 경계심과 경쟁심을 부추길 필요 없는 동네가 따뜻합니다.

담장 위 선인장과 게으른 대화를 하거나 빈집의 개와 맞장구치는 컹컹거림의 앉은뱅이걸음이 좋습니다. 영진철물에서 꿈차롱 도서관까지 걸어봅니다. 보아뱀이 삼켜버린 코끼리를 달래며 끌고 갑니다. 동화책 몇 권에 손이 가고, 다시 그림책으로, 결국 동화책을 빌리고 마는 시인입니다. 백석 시인처럼 살고 싶지만, 어린왕자가 그린 보아뱀을 바라보고만 있습니다.

빌린 책을 겨드랑이에 꽂고 도서관을 나왔습니다. 길모퉁이를 돌아서다가 우렁각시가 살고 있을 것 같은 집을 발견했습니다. 깜박 잊고 초인종을 달지 않았다며 대신 손수 그린 시화가 문패 대신 걸려있는 집이었습니다. 맙소사, 당신 혼자만이 아닌 동네 전체가 나를 기다려 준 듯 고독한 고동나팔의 들꽃을 피워 낸 시들이 대문마다 등롱처럼 매달려 있었습니다.

꽃이 피고 새가 날고 사람이 모여 살아도 아름다운 마을입니다. 찰랑거림 하나로 모두 붙들고 있는 금능 마을이었으니까요. 썰물 같은 당신이 나를 끌어당기는 이유일 겁니다. 한결같은 당신은 아무렇지 않게 시간을 흐르게 두고 계셨습니다. 이십억 광년의 두근거림을 부려놓은 비양도를 바라보고 사는 동네에서 시를 쓰지만 동화 속의 낭만을 버리지 못해 바닷가에 쏟아진 별을 주워 담고 있었습니다.

별은 하늘에서 뜨는 게 아니었습니다. 어둠에서 피어난 것도 아니듯이. 여기선 별이 금능 으뜸 모래사장에서 비양도까지의 눈맞춤으로 돋아난다는 걸 이제야 들춰본 나를 용서해주십시오.

동화를 읽어주는 당신이 있는 도서관 주변을 서성이며 오래오래 눈시울을 적셔봅니다. 돌담마다 꿈을 차롱에 담아 걸어둔 당신이 있어서 쉬고 싶을 때 훌쩍 떠나온 내가 있는 것입니다. 등을 단 돌하르방과 시계탑, 사자가 올라간 나무를 만들어 놓으면서 저를 기다려 주신 당신을 잊고 손가락 귀마개로 내 자신을 가리고 있었나 봅니다.

동네의 깊숙한 올레를 느리게 걷다 아린 명치끝에서 편지
함이 열립니다.

나만 왈칵 그리움에 눈물이 고인 게 아니라고

입술이 달싹달싹

마음이 뭉클뭉클

금능의 여울을 건너 여울여울 흔들리는 비양도의 노래도 듣
습니다.

명화 속 출석표에서 선자, 인향, 순보, 순화, 성수, 성자…를
불러내어 봅니다. 육십갑자의 차이를 버리고 코흘리개 친구로
불려 나올 것만 같은 낮은 지붕의 이름표에 하얀 손수건이 팔랑
거립니다. 시로 수를 놓은 당신이 기적처럼 금능 마을에 계셨으
니까요. 그 친구의 친구들입니다.

다시금 혼자를 들여다보게 하는 마을, 금능 마을에 따뜻한
별들만 달아주신 당신, 도시에서 훌쩍 떠나고 싶을 땐 당신이
란 두근거림을 찾아오고 싶습니다. 언제나 당신이 나의 이름을
부르며 시를 쓰는 마을이니까요. 지구의 추억을 버리지 못하는
어린왕자가 착륙할 때까지 작고 투명한 별을 달고 기다려 주실
수 있는 마을입니다.

가파도에선
인터넷이
연결 안 돼요

청정지역이라고는 하지만 이건 너무한 것 같은데요……. 하긴 당신은 하루 종일 바다만 보고 있습니다. 루쉰이 쓴 〈고향〉에 나오는 도련님의 어릴 적 친구인 룬투처럼 눈두덩이도 붉습니다. 바닷바람을 하루 종일 쬐는 사람들은 눈을 덮고 있는 꺼풀이 붉고 부어 있습니다. 점심도 거르고 우비를 입고 낚시를 하고 있는 당신입니다. 당신이 묵는다는 민박집에 들어와 보니 키가 큰 캔 맥주 여섯 개와 담배 네 갑 그리고 건빵 두 봉지와 육포 두 봉지뿐입니다.

선반에 객실 손님을 위한 화투나 여분의 베개는 그대로인데,

찌와 릴이 몇 개 여분으로 담겨있는 봉지가 풀어헤쳐져 있습니다. 이십여 년 동안 당신의 주변은 변함이 없습니다. 군대에서 회계담당을 했다던 당신이 믿기지 않을 정도로 은행 CD기와 컴퓨터 앞에 앉는 걸 보지 못했습니다. 그저 몸을 쓰는 일과 저녁의 기록 그리고 낚시뿐입니다.

이곳, 섬에 와서 당신이 하루 종일 낚시만 해도 누구 하나 간섭하지 않습니다. 정갈한 당신을 칭찬하는 섬의 사람들뿐입니다. 조용하고 작은 섬의 사람들. 인터넷이 안 되고 텔레비전을 틀지 않아도 기분이 좋은 곳입니다. 집의 외벽 밑에 고랑을 파서 빗물이 잘 빠지게 만드는 지혜와 우영팟의 사철 푸성귀가 자라게 하는 사람들. 진흙이 묻지 않게 조그만 밭에도 돌계단을 놓을 수 있는 사람들. 바닷가의 재료들로 집을 꾸미고 정원을 만드는 사람들. 바쁠 때는 동네 아낙들을 불러 모아 일거리를 줄 수 있는 사람들. 부지런하고 알뜰해서 근방의 어려운 집들을 살피는 사람들. 뭍에 집이 있고 자식들을 보내고도 당당하게 자신의 일에 몰두하는 사람들. 멋이 뭔지 보여주는 사람들. 그래서 이 섬을 고집하며 단순한 풍류를 즐기고 있었나 봅니다.

3

떠나지 말아요

가을밤이 깊어지면 조금만 더 가까이

내가
좋아하는
가을

이브 몽땅이 부르는 〈고엽〉이 질리지 않게 들리는 가을이 좋습니다. 갈색과 고동색, 노랑과 갈색 사이의 색들이 들어간 천들과 들판이 좋습니다. 머리카락을 갈색으로 바꾸고 가죽 신발과 가죽 가방과 가죽으로 된 소품들을 몸에 지니고 다니는 가을이 좋습니다. 가을은 온통 멜랑꼴리하고 분위기를 잡아야 하고 고독한 쓸쓸을 흠뻑 느낄 수 있어서 좋습니다. 나무 곁에만 서 있어도 분위기가 멜로영화의 주인공 같아서 좋습니다. 귀뚜라미 소리를 듣는 것도 좋지만 가슴에서 찌르르 찌르르 아픔에 감전되는 소리를 듣게 되어 좋아합니다. 당연하게도 바바리와 사선으로 문 담배, 모자가 어울리는 서양 배우가 멋진 계절입니다. 또각또각 구두 소리를 내는 여자가 입은 바바리와 스카프가 어울리는 가냘픈 여자가 좋아지는 계절입니다. 낙엽 밟는 소리와 낙엽 태우는 냄새와 높은 하늘을 빗금 그으며 가는 제트기가 좋습니다. '고독'이 외로움을 앞질러 '보고 싶다'와 '그리움'을 이겨내는 사색의 시간들이 좋아집니다. 견고한 사람들과 오래된 가구와 고풍스런 건축양식이 클래식과 커피 향과 어울리는 '늦은' 시간대가 좋습니다. 어둡고 구석진 자리에서 말없이 앉아 있는 시간이 어울려서 좋습니다.

가을은 술에 취해 바라보는 달과 술자리를 먼저 떠난 이의 빈 의자를 바라보는 여운이 좋습니다. 아프다는 것과 이별을 했다는 것들이 이제는 생겨나지 않을 연애 같아서 아쉽지만 좋아합니다. 더 이상 아프지 않을 테니, 하지만 사랑을 해야지. '올 가을엔 사랑할 거야'라는 흘러간 노래를 부르면서 사랑에 아프고 싶은 계절이라 좋습니다. 나이 차이가 많이 나는 젠틀하고 눈이 깊은 은발의 남자와 연애를 해도 좋은 계절이 가을인 까닭입니다. 소피 마르소처럼 서양 미인들의 향기가 내게도 나오면 좋을 계절입니다.

가을엔 수목원을 걸어도 좋겠습니다. 새벽과 밤이 아니라 한낮을 걷는 가을이 좋습니다. 거리에 꽃보다 떨어진 나뭇잎이나 나뭇잎 스스로 색을 입어 꽃이 된 풍경이 좋은 때입니다. 학교 교정의 담쟁이가 붙어있는 담벼락도 좋고, 홍시가 달린 감나무는 바라보는 것만으로도 흡족합니다. 가을엔 약간 가라앉고 말수가 적으며 촉촉한 목소리로 눌변처럼 이야기하는 사이도 좋아합니다. 많은 말이 필요 없는 가을은 바라보는 달과 바라보는 바다가 모두 사랑의 은유라서 좋습니다. 밤이 점점 깊어지고 비가 차가워지고 옷이 두꺼워지고 팔짱을 껴서 따뜻한 가을이 좋아집니다. 활발함보다 쓸쓸함이 묻어나는 남과 여가 좋고, 오름 위를 올라가서 억새와 함께 사위어가는 풍광을 보는 오후도 좋습니다. 드라이브를 아무 때나 아무 장소나 훌쩍 가자고 해도 선뜻 승낙할 수 있는 적당히 순한 바람의 세기와 햇빛의 채도가 좋습니다.

시낭송의 밤과 음악회, 연애편지와 촛불, 와인, 비밀이 될 이야기를 나누는 공원과 술집의 테이블, 뒤따라 걷는 산책길, 바닷가 해안선을 따라 달리는 달리기, 먼 곳을 바라보다 돌아오는 저녁 길, 추석 무렵의 냄새, 지평선 축제 때 맡는 벼 냄새, 강줄기 위의 서녘, 기차를 타고 가며 보는 들녘의 풍경이 좋습니다. 간이역, 불이 켜진 터널을 여행하는 뭍의 가을을 생각하며 포구나 오름에 올라 우두커니 서 있는 게 좋습니다. 코팅된 연애시, 간지러운 문장을 받침 크기로 선물받는 가을이 있어서 좋았습니다. 공책 모으기 다음으로 좋아하는 코팅된 책받침 선물과 들꽃을 꺾어 오는 연애가 좋은 가을입니다.

제주풍의
자장가

분명 맑고 시원한 바람이 부는데 말이지요. 수목원을 걷던 사람들이 잠이 듭니다. 방금 깨운 사람들이 차 안에서 잠이 듭니다. 9월의 전설이 내려오는 날이라 그런가 봅니다. 심방이 운명을 그르친다는 날입니다. 당신은 모르셨겠지만, 당신의 누이가 오늘 태어났다기에.

오늘은 심방의 날입니다. 당신의 누이도 오늘, 그들처럼 태어났습니다. 하지만 자세한 걸 묻지 않기로 하겠습니다. 신비한 현상은 오늘 태어난 사람이 아니고도 일어날 수 있으니까요. 그들이 태어난 날을 기념하느라 제주에는 자장가가 흐릅니다. 사람들은 아침부터 눈이 감기고 하품을 합니다. 점심을 과하게 먹지 않았는데도 낮잠이 몰려옵니다. 오늘 만나는 사람들의 첫인사가 비슷합니다.

"웬일인지. 몸이 나른하고 잠이 몰려오네. 나만 그런가요?"
비슷한 현상에 기대어 서로 안도하며 기지개를 켭니다. 오늘은 느리게 흐르는 바람처럼 보내야 할 것 같습니다. 사람 사이에 생기는 감정과 판단도 자연스럽게 흘러가게 말입니다. 음악과 음식도 적당한 간으로 부담 없이 몸에 들고 나가는 걸로 선택하렵니다.
창문을 열어 놓고, 창가로 가서 기댑니다.

스르르, 스르르.
나를 잠재우고 자연의 시간은 꿈속에서 무엇을 하려는 걸까요?
9월의 바람과 햇살과 시간은 사람들을 잠재우고 나서 무엇을 바꾸려는 걸까요?
묻지 않기로 해요.
우리, 오늘은 잊기로 해요.

10월의 내일, 함께 찾아보기로 합시다.

당신, 오늘은 적당히 눈 감고 흐르고 계십시오.
눈 뜨고 쳐다본다면 필시, 눈이 멀어버릴 테니…….
눈 뜨지 말아요, 당신.

아무도
듣지 않는
세계의 삐따기

나는 시를 쓰고 있습니다. 아무도 가르쳐주지 않았고, 아무도 길을 열어주지 않았지만 시를 씁니다. 시는 예전부터 있었고, 문자가 생기기 이전부터 사유에서 출발했다고 생각합니다. 노래로 내게 와 있었고, 교과서에 살고 있었습니다. 하지만 나는 시가 뭔지 몰랐고 알 필요도 없었습니다. 나는 섬에 살고 있었고, 바다와 귤꽃이 피는 과수원에서 자랐습니다. 내가 좋아하는 가수들은 텔레비전 속에서만 존재했고, 잘 생기고 친절한 왕자님은 책과 드라마에서만 존재했습니다. 그러니 딱히, 되고 싶은 게 없었습니다. 뭘 알아야 직업에 대해 생각을 하고 목표가 생겨서 밤을 새우며 공부를 할 것이 아닌가요.

그럭저럭 학교에 다니고, 지적을 받지 않기 위해 졸음을 참으며 수업을 들었습니다. 집에서도 말 잘 듣는 양전한 셋째 딸로 대충 살았습니다. 대충이란, 남들 눈에 크게 띄지 않을 만큼 참을성 있게 시간을 견디는 방식을 알고 있다는 뜻입니다. 도통 재미있는 일이 발생하지 않던 중학교 시절, 나는 발을 까딱까딱하며 텔레비전을 보고 있었습니다. 부모님이 과수원에 가서 귤을 따는 시월 중순 무렵이었습니다.

학교 시험을 핑계로 과수원의 일을 면제받고도 공부에 집중이 되지 않았습니다. 텔레비전 채널만 이리저리 돌리고 있었는데, 루치아노 파바로티가 나오는 영화가 방영되고 있었습니다. 누군지 알 턱이 없는 테너 가수였지만 그가 애절하게 부르는 〈물망초〉와 〈자장가〉를 들었습니다. 저도 모르게 얼른 종이에 노래 제목과 가수 이름을 적고 있는 나를 발견했습니다. 맙소사, 나는 마라도가 보이는 제주도의 남쪽 끝에서 뭍으로 날아가는 비행기들이 있는 공항 근처의 제주시내까지 단숨에 버스를 타고 갔습니다. 낯선 제주시의 번화가에 종이쪽지 한 장을 들고 간 것입니다. 제주시 터미널에 내려서 지나가는 사람들을 붙잡고 레코드 가게를 가르쳐 달라고 했습니다. 그렇게 해서 나는 루치아노 파바로티의 노래들이 수록된 카세트 테이프를 사고 내가 사는 마을로 돌아왔습니다.

마을 어귀에 있는 용머리 해안가에서 버스는 멈췄습니다. 어느새 낮은 지붕들이 보이는 마을에는 저녁 빛이 감돌고 있었습니다. 초록이 사라진 나무숲 터널에서 떨어진 붉거나 노란 잎들이 지붕 사이사이마다 쌓이고 있었습니다. 바다는 사계절 은빛으로 빛났지만, 가을 저녁답게 차가운 심장을 드러내고는 맹렬한 파도를 앞세워 용머리 기슭을 오르려 애쓰고 있었습니다. 나는 용머리 기슭을 따라 해안으로 내려가 모래 암반과 바다의 접경에 섰습니다. 휴대용 마이마이 워크맨에 테이프를 넣고 헤드폰으로 음악을 듣는 순간 루치아노 파바로티의 음성이 도끼가 되어 내 머리통을 부숴버렸습니다.

사나흘 앓았습니다. 헤드폰을 낀 나는 학교도 못 가고 울기만 했습니다. 어머니는 신당에 가서 넋을 들여야 한다고 했고, 아버지는 링거주사를 내 팔뚝의 푸른 혈관에 꽂았습니다. 단식 중독자처럼 나는 밥 냄새에 구역질해댔습니다. 그리고 루치아노 파바로티가 부르는 노래의 세계로 들어가 버렸습니다. 그의 노래 외엔 아무것도 들리지 않는 세계로 말입니다. 루치아노 파바로티가 머나먼 외국에 사는 사람이라서 천만다행이었습니다. 서울에 사는 방탄소년단이었다면, 나는 저금통을 까부수고, 서울행 비행기를 탔을지도 모를 일입니다. 내가 무언가를 위해 어떤 행동을 할 수 있는지 알게 된 사건이었습니다. 좋아하는 것에 맹목적일 수 있는 불이 내 안에서 생성될 수 있다는 것을 처음 알게 되었습니다. 이런 나의 행동은 오늘날 '사춘기'라고 불리는 증상 중의 하나였습니다.

루치아노 파바로티의 노래가 좋아서 나폴리를 지도에서 찾아보았고, 노래 가사를 따라 적었습니다. 교과서에서 〈산타루치아〉를 배웠을 때 누구보다도 신나게 불렀습니다. 손을 번쩍 들고 나가 친구들 앞에서 한글로 적은 노래 가사를 외워 불렀습니다. 모두가 입이 벌어지고 눈이 빛나는 무대에서 나는 루치아노 파바로티처럼 노래를 부르고 있었습니다. 사춘기 시절, 나는 섬에 갇혀 자신이 왜 태어났는지도 모르고 무엇을 할 수 있는 사람인지도 모른 채 무기력하게 웅크려 있었습니다. 그런 내게 노래가 찾아왔습니다. 노래는 내 영혼 안에서 불꽃이 되어 지금까지 시를 쓰게 하고 있습니다.

그런데 최근 동창들이 비싼 집과 좋은 차를 샀다는 말을 들는 모임에서 나는 늦가을 저녁때 같은 슬픔이 차올랐습니다. 원고지에 글을 쓰지 말고 은행에 취직하거나 공무원이나 될걸. 왜 좋아하는 일에만 매달려서 살아왔을까. 푸념을 하느라 글을 쓰는 데 흥미를 잃고 있었습니다. 허수아비처럼 멍하니 저녁노을과 오름에 핀 억새를 들여다보던 여러 날이 지났습니다. 단풍이 어지러이 깔리는 골목길에 서리가 내리고 국화꽃이 활짝 핀다는 저녁 무렵, 오랜만에 지인의 첫 출판기념회에 가게 되었습니다. '처음 책을 낼 때 나도 저렇게 볼이 발갛게 상기된 채 서툴면서도 찬란했을까.' 어두운 객석에 앉아, 손에 든 꽃다발을 만지작거리며 행사를 지켜보았습니다. 무대가 아닌 객석도 오랜만이었고, 나를 생각하는 시간도 오랜만이었습니다. 뭐랄까, 처음 책을 내는 지인에게는 열정의 부러움이나 불안감이 아니라 충만함이 차오르는 느낌이 들었습니다.

깜박깜박 무대의 조명이 벽그림자를 등지고 부슬비가 창문을 때릴 즈음 행사는 끝났습니다. 조용히 문을 열고 나가려는 순간, 한 아주머니가 내 앞을 가로막았습니다. 태풍이 불던 여름날, 나의 시에 곡을 붙여서 세계 초연을 한 메조소프라노의 독창회에 다녀온 분이라고 하셨습니다. 그분의 아들이 래퍼인데 군대를 갔다 와서 슬럼프에 빠졌다고 했습니다. 태풍이 불던 날, 공연을 취소하지 않고 강행한 메조소프라노 덕분에 그분은 아들을 데리고 공연을 보러 갔다고 했습니다. 아들이 공연을 보고 며칠 동안 포스터를 안고 울었다는 것입니다. 그리고 노래를 다시 시작하려고 유학을 떠나게 되었다는 이야기를 해주셨습니다. 그 이야기를 해주고 싶어서 출판식장에서 줄곧 나를 보고 있었다고 했습니다.

그분의 아들에 관한 이야기가 내게는 사랑이 되었습니다. 다시 시를 쓰게 하는 힘, 그것은 사랑이었습니다. 여기서 말하는 사랑은 너와 내가 주고받는 게 아니라 내가 타인에게 준 사랑이 다른 타인에게 전이되고, 돌고 돌아서 내게로 당도한 사랑이었습니다. 내 열정과 영혼에 사랑이라는 불씨가 꺼져서 무기력해져 있을 때, 알지도 못하는 청년의 울음으로 전한 사랑입니다.

아무도 들어주지 않는 세계에 사는 삐따기라 할지라도 뜨거운 심장을 지닌 생명체입니다. 다만, 무엇을 할 수 있고 어떻게 해야 하는지 아직 신호음을 듣지 못했을 뿐이고, 늦되거나 사랑이 전이되지 못했을 뿐입니다. 삐따기가 스스로 빛날 수 있게 기다려 줘야 하는 것은 어른들이고, 그런 세계를 탐험한 자들은 혼돈을 견딘 힘으로 지고지순하게 자신의 길을 가는 '행동'

에서 비롯된다고 봅니다. 등불과 책을 든 노인이 고래 뱃속에서 이야기를 쓰는 동안 삐따기는 참사랑을 보여준 노인을 구하려고 할 것입니다. 삐따기들을 포기하지 않는다면 그들 스스로 어떻게 행동해야 하는지를 찾을 수 있을 것입니다.

여기서 말하는 사랑은 너와 내가 주고받는 게 아니라
내가 타인에게 준 사랑이 다른 타인에게 전이되고,
돌고 돌아서 내게로 당도한 사랑이었습니다.

그대,
슬픈 밤에는
불을 밝혀요

    가을이 깊어지는 중입니다. 바람이 점점 거세지고 찬 기운이 묻어나는 아침입니다. 몇 번이나 이불을 목 위까지 끌어올렸는지 모릅니다. 전기매트와 전기난로를 다락방에서 꺼내야지 하는 생각을 몇 번이나 해봅니다. 맨발을 이불 밖으로 빼꼼 내놓고 온도를 측정해봅니다. 아직 시린 발은 아닙니다. 아이보리색의 양말과 주황빛의 전구를 찾아 집 안을 따뜻하게 바꿔봅니다. 알라딘이 타던 양탄자는 못 되어도 아라베스크 무늬의 양탄자를 거실과 침대 발밑에 깔아봅니다. 발바닥이 따스해졌습니다. 홍차와 오미자차를 식탁 위에 올려놓았습니다. 따스한 차를 마셔야 하는 날들이 돌아오고 있으니까요.

　그래요. 당신도 곧 돌아오시겠지요. 춘향전에 나오는 이도령과 흥부전에 나오는 제비도 돌아왔다는 걸 아시겠지요. 만약, 그들이 돌아오지 않고 이야기가 끝이 났다면 오늘날까지 죽지 않고 살아있는 이야기로 남지 않았을 겁니다. 돌아오지 않는 자의 이야기는 들을 필요가 없으니까요. 금의환향하여 돌아오려고 이도령과 제비는 얼마나 노력을 하며 만족지연을 했을까요. 그와 마찬가지로 춘향과 흥부는 변심하지 않기 위해서 달콤한 유혹과 쉬운 선택을 거절하느라 얼마나 진땀을 뺐을까요. 의미 없는 사랑과 의미 없는 길을 가는 것은 춘향과 흥부에게도 걸 맞지 않듯이 당신을 기다리는 나에게도 걸맞지 않습니다. 비단 옷을 입고 돌아올 당신을 위해 쉽게 무너지지 않으려다가 재투성이가 되어버리고 말았습니다. 재투성이라는 비난을 받으면서도 당신과 어깨를 나란히 하고 싶어서 열심히 웃는 표정을 짓고 있습니다. 당신은 나의 환한 얼굴을 보려고 열심히 당신을 완성하고 있었을 테니까요. 당신은 큰 빛으로 쓰이기 위해서 애쓰는 중입니다. 그런 당신 곁에서 나는 빛을 약하게 조절합니다. 이 생에서 치러야 하는 앨리스 중후군 같은 삶은 우리를 커졌다가 작아지게 만듭니다. 자존감은 그래프에서 라면처럼 꼬불꼬불거리며 상승과 하락을 반복합니다. 한 번도 평탄한 적 없는 삶에서 유서를 쓰는 밤이 늘었습니다. 유서를 쓰고 난 올리브색의 밤이 지나고 아침이 오면 다시 살아나는 홍조의 삶을 맞이합니다.

당신을 기다리는 동안 시를 썼습니다. 이 생에서 최선을 다한 삶을 시로 표현할 수 있어서 다행입니다. 시는 삶이 힘들 때마다 쓰던 유서이자 혈서의 다짐으로 나를 성장하게 해준 등불입니다. 탕진하는 동안에도 마지막까지 남아준 시는 강한 불로 때론 약한 불로 도깨비불처럼 혼불처럼 내게 남아줬습니다. 사람들은 나에게 이별을 남기고 떠났지만, 상실의 시간에 나를 위해 불을 켜준 것은 시였습니다. 하지만 그들을 원망하지 않습니다. 오히려 시를 남기고 떠난 그들은 나의 등불과도 같습니다. 시가 있어서 그들을 잘 떠나보냈는지도 모릅니다. 그러고 보니, 돌아오지 않은 당신 또한 나의 등불인 셈입니다.

슬픈 밤이 싫어서 하루를 바쁘게 살아봅니다. 세상의 모든 황혼이 몰려와도 음악을 들으며 춤을 출 수 있는 나로 살고 싶어 감정훈련을 합니다. 음악을 사랑하지 못하고, 음식의 맛도 느낄 수 없는 비탄에 빠진다면 나는 나를 가만두지 않겠습니다. 작위적인 삶도 싫지만, 우울과 청회색으로 껍질 속에 든 사람처럼 사는 것도 싫습니다. 골골대며 변명과 탄식으로 위로를 받으려는 나의 만추를 상상할 수 없습니다. 나 자신에게 보여주기 싫은 까닭입니다. 더불어, 당신에게도 보여주기 싫은 모습입니다. 그래서 나는 자기주도적인 강함이 좋고, 제주 여자 기질이 좋습니다. 죽을 때까지 바쁘기는 하나, 타인에게 기대어 살려고 궁색해지는 모습으로 위장하는 것은 제주 여자들의 적통이 아닙니다.

늦가을 파란 하늘 아래 홍시가 주렁주렁 달린 모습이 아름답습니다. 갈대가 물 위를 지나는 바람과 춤을 추는 물가의 고독이 아름답습니다. 기묘한 푸른 휴식을 취하는 듯 억새가 출렁이는 오름 위에서 먼지의 산란이 사라진 하늘처럼 나의 인생의 만추도 그러했으면 좋겠습니다. 다시 돌아온 당신이 나의 하루에 기대어 초원 위에서 방목하는 바람처럼 낙원을 느끼길 고대합니다. 세상은 지옥이라고 떠드는 와중에도 낙원을 느끼는 인생이라면 나름 괜찮게 살고 있는 것입니다.

기억하시나요. A형 여자는 남자를 만나면 계속 만두만 먹이고 가두는 올드보이형 애인으로 만든다며 우린 웃었습니다. B형인 나는 당신을 매일 탈출시키는 빠삐용으로 만들어서 당신은 곁에 머물 줄 모르나 봅니다. 당신은 적당한 간격으로 늘 서

성입니다. 미안해지기도 합니다. 제주 여자인 나는 늘 바빠서 손과 발에 땀이 많습니다. 예열이 항상 되어 있어서인지 출동, 준비 중입니다. 한시도 앉아서 가만히 있지 못했습니다. 그래서일까요. 당신은 바람이 되어 여기저기 나를 찾아다녔습니다. 시의 말굽을 가진 당신은 나의 시에 영감을 주려는 듯 여기저기 숨어있던 사람들의 이야기를 들려줍니다. 마치, 아무 곳에도 가지 않았던 사람처럼 내 곁에 머물면서요. 아둔한 내가 당신이 날아다니는 바람이란 걸 몰랐나 봅니다.

바쁘게 일을 하다가 당신을 만나면 어느새 당신의 이야기는 한 보따리입니다. 나는 맨날 같은 자리만 빙빙 돌고 있어도 바쁜데, 당신은 사방으로 퍼졌다가 돌아오는 바람인데도 등불처럼 고요합니다. 당신의 이야기를 듣는 게 좋아서 몇 번이나 당신이 쓴 이야기를 읽습니다. 그리고 시를 씁니다. 당신의 이야기 속에서 마치 내가 살았던 사람처럼 숨과 연민이 고이면 이내 시가 되고 가슴이 아파옵니다. 내 영혼을 관통한 이야기들이 나를 아프게 합니다. 신열이 나듯 이야기 속에서 앓습니다. 당신의 이야기 속에서 나는 앓고 있던 겁니다. 스토커처럼 당신을 추적하고 기록하지 않아도 나는 당신 속에 있었기 때문입니다.

너무 오랫동안 당신을 빠삐용으로 만들었나 봅니다. 이제 돌아와서 등불을 켜도 좋겠습니다. 다음 생을 위하여 가을이 깊어지는 동안 이야기를 나눠야겠습니다. 타인의 이야기만 기록하던 당신과 나였으니까요. 이제 우리들의 이야기를 나누며 등을 기댈 시간입니다. 나에게 당신의 금의환향이란, 바로 이런 의미일 테지요. 당신과 나의 이야기가 너무 많아서 밤이 새도록 등불을 켜야 하는 것 말입니다. 가을이 지나가고, 첫눈이 내리고, 동백잔설을 바라보는 동안 우리의 이야기는 날개가 달린 바람처럼 세상의 모든 황혼을 날아다닐 것입니다. 당신이 등불을 켜는 동안 음악을 선곡해야 할 텐데요. 슬픔보다 슬프지 않은 음악이 만추에 어울릴 듯합니다. 쇠리쇠리한 갈바람이 초원을 지나 곧 문을 두드릴 시간입니다. 라디오의 주파수를 맞추고, 서리가 내린다는 상강 가까이 스피커를 옮겨 놓겠습니다. 덧문은 열어놓고 있겠습니다.

* 제목은 영사운드의 〈등불〉 중에서 첫 소절을 따왔습니다.

김녕,
안녕

무쇠석함을 타고 온 궤네기또가 살고 싶은 곳이 김녕 마을
이라고 했지요. 좋은 땅을 찾아 김녕 망동산에 이르러 살피니
곡식이 익어가는 풍경이 좋았다고 그랬지요. 그런데 대접하는
자손이 없어서 처가인 용왕님께 비바람을 청해 김녕 마을에는
곡식을 거두지 못하게 했지요. 다행히 현명한 현씨 할머님께서
햅쌀을 차려 궤네기또의 좌정할 곳을 물었지요. 궤네기에 좌정
을 하고 황소를 바치라 했지만 가난한 마을 사람들은 그럴 수
가 없었어요. 대신 돼지를 황소만큼 키워서 바치겠다고 했지요.
그 후로 김녕 마을을 지키는 신을 위해 돗제를 열었다고 해요.

당 앞에 차린 도마에 철쭉나무 꼬챙이를 꽂아 제를 지내는 모습을 상상해봤어요. 몸(모자반)을 넣은 몸국과 돼지고기를 부위별로 썰어 모두 올려 심방이 치르는 제를 지금도 볼 수 있을까요.

맞아요. 우리가 먹었던 몸국과 근고기에 관한 추억이 있는 곳이에요. 김녕 마을에서 열리는 마라톤대회에 나갔던 걸 기억하시나요. 무조건 당신을 태운 차는 동쪽으로 향했고, 당신은 김녕 마을보다 표지판에 쓰인 한자를 해석하며 갸우뚱거리던 세화나 토산 마을에 얽힌 이야기에 관심을 가졌지요. 독립서점이 있다는 종달 마을을 생각했는지도 몰라요. 월정 마을 바닷가나 함덕의 해수욕장에서 수영을 즐겼던 여름을 잠깐 떠올렸는지도 모르죠. 김녕 마을엔 뱀이 많아서 사굴도 있고, 해수욕장도 있다고 좋알대면서 운전을 한 저는 사실, 김녕 마을을 잘 몰랐어요. 지나치는 곳이지 내려서 뭘 할 수 있는 곳이 아니었거든요. 김녕 마을은 무심히 지나치는 곳이었어요, 제겐. 그 장소에서 마라톤대회가 열린다고 당신이 먼저 찾아내기 전에는 차창 밖으로 지나치는 풍경이었거든요. 저는 당신이 오신다기에 처음 달리기라는 걸 해봤어요. 100미터를 넘어서 달리는 걸요. 대회에 나가다니요. 육상 선수들이나 나가는 마라톤대회에 덜컥 5킬로미터를 신청해버렸으니까 나름 저도 육상 선수가 된 것 같았어요. 만화 주인공인 '달려라 하니'처럼요. 당신을 혼자 뛰게 하는 것보다 함께 뛰는 편이 차라리 나을 것 같아서요. 조금은 덜 외로울 거라 생각했지요. 낯선 곳에 무쇠석함인 비행기를 타고 오신 당신. 당신은 하프를 뛰었으니 의심에 여지가 없는 육상 선수가 맞고요. 손기정 선수와 황영조 선수 외엔 아는 바 없던 제게, 처음 만난 마라톤 선수가 당신이라는 사실.

대회가 끝나고 김녕 바닷가에 앉아 하얀 모래사장을 바라보았지요. 볼리비아의 우유니 사막이 이렇게 하얗겠지. 실크로드에 갔을 때 맞았던 모래사막의 작고 고운 모래 알갱이들이 땀에 젖은 당신의 온몸에 달라붙어 빛나고 있었어요. 빛나는 당신. 낯선 마을에서 마라톤을 하신 당신이 빛났어요. 육상 선수도 아니면서 달리는 당신을 보고 있었으니 신기하기도 하고 기적 같기도 했지요. 덕분에 처음 30분을 달려본 저로서는 춤을 출 지경이었어요. 100미터를 넘기고 김녕 바닷가를 달렸다는 첫, 처음의 일이 생겨난 날이었으니까요. 처음의 첫이 발생하기가 쉬운 게 아닌 나이인데 말이에요. 다시, 스무 살 언저리로 돌아간 어이없음과 철부지의 황당함을 은근히 즐기던 날이었어요. 그리고는 근고기를 블록을 쌓듯 뱃속에 넣었지요. 깻잎과 추자도 꽃멜 젓갈을 찍어 먹으면서 제주막걸리까지 열심히 마셨지요. 허기진 사람처럼 우리는 돼지고기를 벽돌처럼 두껍게 썰어 나온 근고기 집에서 낮술을 마셔댔어요. 털이 달린 흑돼지와 분홍색 돼지와 인두 자국이 있는 돼지고기를 생각하면서 몸국에 청양고추를 넣고 먹던 그날처럼 신나게 먹었어요, 궤네기또처럼.

옛날 웃손당에 금백조가 살았지요. 소로소천국과 결혼한 금백조는 농경신이었지요. 목축의 신인 소로소천국과 살다가 살림을 갈랐지요. 일곱째 아들 궤네기또가 뱃속에 있는 줄도 모르고. 아버지가 궁금한 궤네기또는, 아버지에 대한 예의를 배우지 못한 궤네기또는, 꿈에 그리던 아버지인 소로소천국을 찾아갔지요. 수염을 만지고 아버지를 만졌지요. 버릇없이 키웠다는 아버지의 벌을 받고 무쇠석함을 타고 고아처럼 바다를 떠돌았지요. 용왕의 셋째 딸과 결혼을 했지만 목축신의 피를 받아서 먹는 게 남달랐지요. 나라를 구하는 힘도 남달랐지요. 제주도에 들어가 좋은 땅을 찾아 땅세, 국세를 받아먹도록 명을 받았다 했지요. 부모를 닮았지만 닮지 않기도 한 궤네기또는 김녕 마을을 보살피는 신이 되었지요. 당신이 되었지요.

하얀 모래사장의 끝을 손가락으로 가리키는 당신, 손가락 끝을 향한 저의 눈 속에서 하얀 면사포를 쓴 여자와 꽃장식이 달린 양복을 입은 남자가 사진을 찍고 있었지요. 들러리로 나온 세 명의 아가씨는 뭐가 그리 신났는지 남의 결혼엔 신경 쓸 겨를 없이, 자신들의 표정에만 관심이 있었어요. 자신들의 화관과 부케에만 신경을 쓰고 있었어요. 에메랄드색 바다와 하얀 모래사장에 맞는 포즈에만 신경을 쓰고 있었어요. 당신의 손가락 끝과 세 명의 들러리가 왜 필요한지에 대한 물음에 신경 쓸 필요 없이, 신났지요. 어이없음과 황당함은 추억으로 남는 거니까요. 각자의 신경세포 안에서, 각자의 신경 쓰이는 곳에서만 즐겁게 기억된다는 사실은 은근슬쩍 안도감을 주기도 하지요. 그래서 자꾸 안녕한지 기억 속을 더듬어 들여다보기도 하지요. 스쳐 지나가던 풍경이 특별해지던 순간이었으니까요. 그 후론 김녕 마을에서 가끔 차가 멈추기도 하니까요. 무쇠석함은 잘 날아가는지, 손가리개로 눈썹 위에 차양을 만들어 하늘을 쳐다보기도 하지요. 하얀 모래사장에 손가락 끝으로 인사말을 쓰기도 하지요. 무쇠석함 속에서도 잘 보이도록, 크게.

용두암
밤바다

　신내림을 받은 이모의 집은 제주시내에 있었습니다. 집도 멋
졌습니다. 깔끔하고 니스 칠을 한 마루며 책장이 으리으리했거
든요. 타일로 외벽과 마루 입구 바닥을 장식한 집. 최신식 집이
번화가인 용담동에 자리 잡고 있었습니다. 사계리 시골마을에
서 마늘과 녹두와 보리와 고구마를 심고 캐는 사계절을 살고 있
던 초록 슬레이트 집과는 비교가 안 되었습니다. 이모는 카레라
이스를 만들 줄 알았고, 옥돔과 무된장국으로 상을 차려주셨습
니다. 여름엔 자두를 사주셨고, 운동화를 사주려고 나를 서문시
장까지 데리고 가주셨습니다. 니스 칠이 된 나무마루의 한쪽 벽

면엔 시리즈 책들이 가득 꽂혀있었습니다. 부엌으로 들어가기 위해서 거쳐 가는 작은 방에는 고구마를 말리거나 보리누룩과 메주가 매달린 우리 집과는 달리 앉은뱅이책상과 책들이 있었습니다. 국민학생인 내가 처음 만난 도서관이었습니다.

사촌오빠 둘과 사촌언니는 늘 바빴습니다. 큰오빠는 중국집을 차렸고, 언니는 고등학교 졸업앨범에서만 보았습니다. 막내오빠는 변기를 뜯어서 고치거나 걸어 잠근 방에서 최신형 녹음기를 틀고 뭔가를 했습니다. 여름방학이 되면 나는 제주시내의 이모네로 가기 위해 징징거렸습니다. 시내로 상경한 나에게 이모는 아침마다 직사각형으로 바느질을 한 런닝구 걸레를 주셨습니다. 마루와 방을 닦고 나면 나의 하루 노동은 끝이었습니다. 걸레질이 끝나면 이모가 빨아준 걸레를 들고 옥상에 올라가 빨랫줄에 널고는 수녀들이 사는 뒷집을 오래도록 관찰했습니다. 긴치마를 입고도 텃밭의 잡초를 뽑는 수녀들의 모습은 공주들 같았거든요. 짧은 커트 머리와 언니들이 입던 어두운 색깔의 바지를 물려받은 나는 수녀복이 부러웠습니다.

이런 나를 데리고 이모는 서문시장에 갔습니다. 노란 잠바와 빨간 운동화를 사주고 자두를 사주었습니다. 시큼한 걸 못 먹는 내게 과일을 사주신 이모는 용담 제과점을 갈 수 있게 용돈도 주셨습니다. 그리고는 한나절 집을 비우셨습니다. 나는 아무도 없는 집에서 책을 읽다가 잠이 들고 타일바닥에 앉아 햇빛을 쬐다가 용담동 골목을 걸어보기도 하였습니다. 길을 잃을까 봐 용담동을 벗어나지는 못했습니다.

하루 종일 사라진 이모는 절에 가기도 하고 친구를 만나러 가기도 하셨습니다. 하지만 새벽 4시만 되면 이모집은 뭔가 술렁이는 기운이 돌았습니다. 삐걱이며 여는 문소리와 낮은 말소리에 귀가 먼저 깨면 이모는 쌀점을 치고 계셨습니다. 내가 잠든 사이에 마루에 대기하고 있는 사람들과 웅얼웅얼거리는 이모의 목소리가 있었습니다. 흩어졌다 모이는 쌀과 벽면의 비천상 같은 미륵보살 모습이 활기를 띠며 말입니다. 두어 시간 쌀점을 치신 이모는 손님을 더 이상 받지 않았습니다. 영업시간은 단호했습니다. 먼 길을 온 사람들을 돌려보내고는 이모는 서둘러 서문다리 옆 도깨비시장에 갔다 오셨습니다. 진짜 도깨비들이 나타나는 시장인 줄 알고 따라가지 못하고 상상만 하던 나는 까무룩 아침잠에 빠져들었다가 싱싱한 옥돔 반찬의 아침 밥상에 앉았습니다. 그것이 이모와 만나는 하루 중 1부 시간이었습니다. 2부 시간은 밤이었습니다. 초저녁이 돼서야 마실을 갔다 오신 이모는 저녁밥을 주셨습니다. 그리고는 나를 데리고 용두암에 가셨지요. 나를 해산물 파는 할머니들 옆에 앉혀 놓고 이모는 수영을 하셨습니다. 검푸른 바다 멀리 갈치배의 집어등이 보이는 곳으로 사라지셨습니다.

용두암 그림자도 무섭고 검은 바다도 무서워 쪼그려 앉은 나를 두고 사라진 이모는 수평선까지 갔다 왔는지, 바닷속 용궁까지 갔다 왔는지 알 수 없지만 한참 만에 돌아와서는

"아이고, 시원하다."

숨비 소리와 함께 감탄사를 몇 번이나 되풀이하셨습니다. 볼은 분홍빛이 되고 탄력이 넘치는 처녀처럼 탱탱해진 몸으로 물 밖을 걸어 나오셨지요. 사랑을 흠뻑 받은 여자처럼 이모는 밤마다 바닷속에서 빛났습니다. 날마다 처녀로 거듭나는 해신의 여인처럼요.

박준 시인과 한림에서 회를 먹을 때가 생각납니다. 자신의 조부가 동쪽 용왕의 피를 이어받아서 그런지 동쪽에서 잡은 생선회를 먹으면 발열을 하고 아프다며 진지하게 말했습니다. 너무 심각하게 얘기를 해서 몇몇은 넘어가기도 하고 몇몇은 잊어버리기도 했을 우스갯소리를 가장한, 점집까지 갔다는 박준 시인의 해신에 얽힌 이야기. 그 이야기를 내 앞에서 했습니다. 만약에 나의 이모가 들었으면 어땠을까요. 달변의 박준 시인을 제자로 삼았을 법하기도 하고, 비서를 꺼내주시기도 했을 법합니

다. 나는 박준 시인에게 남쪽에서 잡은 회는 괜찮으니 어서 먹으라고 몇 점을 먹인 게 생각납니다. 그리고 그때 미처 못 한 이야기를 들려주고 싶습니다.

하루는 다급하게 아들과 찾아온 어머니가 있었습니다. 아들은 몸이 비쩍 마르고 병색이 짙어 다 죽게 생겼더군요. 아들이 연모하는 여자의 고향은 뱀신을 모신다는 토산리였습니다. 토산리 여자는 시집을 가도 뱀이 따라간다는 설이 있었습니다. 자고 일어나면 머리맡에 뱀이 똬리를 틀고 앉아 있고 쌀독 항아리 위에나 장롱 속에 뱀이 있다는 풍문에 아들의 어머니는 기절할 판이었습니다. 그런 여자를 며느리로 들일 수 없다는 어머니와 아들이 찾아온 것이었습니다. 아들이 초주검이 돼서야 말입니다. 이모는 오래도록 쌀을 모으고 흩고 몇 알을 입에 넣고 씹으시기도 하더니 모월 모일에 배방선에 색동옷을 입은 짚 인형과 오곡밥을 담고 바다로 띄우라고 했습니다. 뱀이 바다로 나갈 것이니.

천기를 누설한 이모는 다음 손님을 받지 않고 절에 가셨습니다. 하루 종일 이모를 기다리다가 심심해진 나는 벽장문을 열고 쌀을 몇 알 씹어 먹어 봤습니다. 쌀물은 우리 집 고팡 속의 쌀 맛 그대로였습니다. 이모처럼 쌀을 모았다가 흩으며 미륵보살의 얼굴을 쳐다보면서 이모를 기다렸습니다. 그 남자는 결혼을 했을까요? 뱀은 어디로 따라갔을까요? 알 수 없지만 사람을 살리고, 인연은 맺어주던 이모가 그렇게 멋져 보일 수가 없었습니다. 이모의 큰 가슴에 묻혀 자던 방이 쓸쓸해지던 용담동 집과 용두암 밤바다.

이모는 언니들과 친척들의 점은 다 봐주셨으면서 내겐 한 번도 봐주시지 않았습니다. 외할머니 장례식날 상복을 입은 내게

"얼굴이 고우니 너는 평생 점을 보지 않고 살아도 된다."

지나가는 말로 내 젖은 눈을 핥아주셨습니다. 내게 상복이 너무 잘 어울려서 그랬을까요? 외할머니랑 너무 오래 붙어살아서 그랬을까요? 집에 정을 못 붙이고 할머니와 이모의 집으로 떠도는 내가 안쓰러워서 그랬는지, 이모는 부드러운 눈빛으로 한참을 바라보셨습니다.

벌써 몇 해 전에 돌아가신 이모는 가끔 내게 찾아오시기도 합니다. 상대편의 말 속에 혹은 아침에 지나가는 행인의 행동 속에 하루의 운세와 해결하지 못한 일들의 해결책을 담아두십니다. 반년이 지나서야 그 사람의 행동을 이해하는 상황을 만들

어 주시는 느린 익살도 있고, 피해야 할 사람은 같은 행동의 기미로 내게 위험을 알려주십니다. 이모의 애정을 듬뿍 받아서일까요? 쌀점을 치는 쌀 몇 알이 몰래 내 입속으로 들어가서일까요? 용담동 바닷가에서 사랑하는 당신과 생선회를 먹어서일까요? 이모가 아직도 내 몸속에 해신을 모셔두고는 배방선과 뱀과 오곡밥과 색동옷을 입은 인형을 띄우시고는 헤엄을 치고 계신 까닭일지도 모를 일입니다.

"아이고, 시원하다."

용담동 밤바다를 지날 때면 이모가 아직도 헤엄을 치시는 것만 같아서 버릇처럼 혼잣말로 따라 해보는 말이 있습니다.

검은질,
소녀의
머리카락

초등학교 때 나는 《비밀의 정원》, 《소공녀》, 《허풍선 남작의 모험》, 《빨강머리 앤》을 읽었습니다. 중학교 때는 《데미안》과 《아큐정전》을 그리고 작은 언니가 선물로 받아온 《릴케 시집》을 읽었습니다. 초등학교 때 안개가 낀 날 애기무덤을 찾아가서 한참을 바라보았고, 심방집에 가서 빨간 사과와 떡을 즐겨 먹곤 했습니다. 책할망의 집엔 가끔만 갔습니다. 사주와 주역을 보시는 책할망은 단순하고 정리가 잘 된 집에서 오직 책상다리만 하고 계셔서 흥이 별로 나지 않았습니다. 그리고 도깨비불이 나왔다는 폐가나 도깨비불을 보고 미쳤다는 남자아이의 집 마당에 서보곤 했습니다. 하지만 기이한 체험을 하거나 도깨비불을 본 적은 없습니다. 중학교 때 나는 공테이프에 발라드와 팝송을 분류해서 녹음하거나 라디오 프로그램에서 흘러나오는 노래를 녹음하여 테이프가 끊기도록 들었습니다. 저녁밥을 먹고 나서 고팡에 들어가 세계명작을 다 읽고 나면 새벽 2시쯤이 되었습니다. 아버지가 가르쳐준 오토바이를 마당에서 한길까지 끌고 나가 시동을 걸고 마을 바닷가를 달렸습니다. 집의 뒤쪽 바쿰지 오름과 산방산이 보이는 길을 따라 달려 용머리 주차장에 오토바이를 세우고 바닷가에 걸어가서 정박해 있는 중국 배들을 바라보곤 했습니다. 소설에 나오는 이국의 식탁과 촛대, 드레스와 제사상에 쌓아놓는 과일과 떡처럼 음식이 담겨져 있을까 하고 성냥팔이 소녀처럼 배의 불빛을 바짝 끌어당겨 보고 싶었습니다.

'To, 지젤'로 시작하는 일기를 매일 썼습니다. 미하일 바리시니코프가 나오는 발레 영화를 보고 나서부터일 겁니다. 여자아이들에게 전화를 하기 위해 교환이 필요한 남자아이들이 토요일과 일요일마다 우리 집에 놀러왔고, 그들의 연애편지를 대신 썼습니다. 방학 때는 독후감 숙제를 돈을 받고 쓰며 살았습니다. '루치아노 파바로티'가 나오는 영화를 텔레비전에서 보고 난 후 루치아노 파바로티의 카세트 테이프를 사기 위해 제주시내까지 혼자 버스를 타고 갔고, 공부를 잘하면서도 예쁜 여자아이들이 받아온 편지와 선물을 함께 뜯어보았습니다.

물론 《릴케 시집》을 작은 언니에게 준 교회 목사님의 아들은 예쁜 여자들의 취향을 몰랐습니다. 그래서 릴케는 나에게로 와서 노란 장미가 되었습니다. 나는 데미안과 미하일 바리시니코프 같은 이국의 남자를 동경했기에 현실에서 남자친구를 찾기는 어려웠습니다. 나는 고향집 지붕에 드러누워 별을 보며 혼자 노래를 부르는 일과 용머리 해안가의 검은 바다를 메운 중국 배들을 바라보는 것을 즐겼습니다. 그때 나는 바다를 건너고 싶었을까요? 별을 다 헤아리고 싶었을까요? 비밀의 정원에서 곱삭등이라며 혼자 웅크리던 소년을 만나고 싶었을까요? 소년의 볼에 분홍색 꽃을 피우는 날이 올까, 소설의 장면들처럼. 내가 누구인지 너무 궁금한 중학교 시절이었습니다. 키가 자라지 않도록 한숨을 푹푹 쉬던 아이어른이었습니다.

토요일과 일요일마다 돌밭과 과수원, 녹두밭, 마늘밭으로 부모님은 나의 괴로운 마음을 달래려는지 '닥치고 일~!'을 시키셨습니다. 나는 약골이라 일을 덜 한 편이고 언니들은 거의 소처럼 일만 했습니다. 그런 고향집을 탈출하는 방법은 제주 시내 고등학교에 진학하는 것뿐이었습니다. 주말이 지난 월요일에는 서귀포 극장을 갔다 온 이야기와 모슬포 롤러스케이트장에 갔다 온 이야기로 손톱에 낀 흙이 아직 덜 빠진 내 주위를 돌아다 녔습니다. 전영록 콘서트장에 갔다 온 친구가 갑자기 서울에 있는 대학교가 목표라며 공부를 열심히 하는 바람에 그 애 옆에서 세계명작 대신 참고서를 보았습니다. 가끔씩 세계명작을 새벽까지 읽고 코피를 흘리거나 마당에 오줌을 누며 별을 바라보거나 오토바이를 타고 바닷가를 질주하는 감흥에 겨운 일들은 어쩔 수 없이 내게 어울렸습니다.

연애를 하던 친구 사이에서 편지를 써주거나 상급생 오빠에게 언니의 편지를 전해주러 교실을 찾아가는 것보다 비 오는 길, 어두운 밤에 우두커니 서 있는 낮은 지붕들의 불빛이 따뜻한 마을 길, 눈 오는 새벽에 늙은 팽나무까지 걸어가는 일, 혼자 깊은 공간에 서 있을 때가 내겐 더 어울렸습니다. 나는 애늙은이처럼 사색을 좋아했습니다. 소설을 써보겠다고 매일 빨간 칸이 있는 200자 원고지를 펼쳐들고 앉은뱅이 밥상에 앉아있기도 했습니다. 지금도 밥상을 머리맡에 펼쳐놓은 마루에서 책을 읽고 일기를 쓰고, 마당에서 까부는 부리에 하트 모양의 하얀 털이 달린 비둘기들의 사랑을 보고 있습니다.

비둘기들은 알을 품고 수많은 똥을 갈겨댑니다. 비둘기 똥에서 피어난 매화가 지고 수국, 수국이 지고 장미와 국화 그리고 눈꽃을 바라봅니다. 노래는 그때마다 나의 귀마개가 되어 세상의 소란과 비행기의 소음을 그리움으로 바꿔줍니다. 그리운 바다 건너 이국의 이야기 속의 남자 주인공들은 To, 이니셜로 시작되는 일기장에 새겨지고 있습니다. 나의 사춘기 속의 이야기가 결국, 나에게 들려주는 쉼표 같은 이야기가 되어 어른이 된 나의 어깨를 토닥이고 있는 셈입니다.

그때 나는 바다를 건너고 싶었을까요?

별을 다 헤아리고 싶었을까요?

허공을
떠도는 폐가

유년의 이야기를 더 들려드리겠습니다. 유랑극단의 예쁜 여배우들과 국민학교에 갓 부임한 여자 선생님. 철공소를 하게 된 삼촌이 밖거리에 살던 게 기억에 남아있습니다. 유랑극단이 머물던 시기는 길어야 한 달이었지만, 여자 배우들은 흰 속옷만 입고 있어도 예뻤습니다. 여선생님은 타래과를 만들어주시고는 부모님과 화투치는 재미에 푹 빠졌습니다. 나는 그 조청이 발라진 타래과 이름이 화투인 줄 알았지만(여선생님이 얼마나 화투에 몰입했으면 내게 과자 이름을 화투라고 얘기해주셨을까요.) 중학교 가정실습시간에 비로소 타래과라는 이름을 알게 되었습니다.

철공소 아저씨는 아버지와 오래오래 살았습니다. 얼마 후, 사계리의 중심거리 한복판에 살던 아버지는 외할머니가 살던 곳으로 이사를 하였습니다. 철공소 아저씨는 대문이 붙은 바로 옆집으로 이사를 하였고, 아버지는 탕탕기를 장만하여 돌밭을 일구고 과수원 농사를 지었습니다. 아저씨는 철공소를 차렸습니다. 아버지와 아저씨는 소림사 무술 영화에서 나올 법한, 옥수수와 보리를 달궈진 솥뚜껑에서 덖는 것을 내게 보여주었습니다. 호미와 무쇠들을 달구는 장면을 보는 걸 언제나 허락했습니다. 아버지와 아저씨는 말수가 없는 사람들인데도, 하루 종일 단짝처럼 함께 만들기를 좋아했습니다. 아버지와 아저씨는 세상보다 독한 아내들을 피해 저들만의 세상을 꿈꾸는 사나이들처럼 꿈을 늘어놓았습니다.

아저씨의 부인이 춤바람이 나서 곗돈을 가지고 사라졌습니다. 서부두에서 배를 타고 육지로 가버린 건 아저씨가 철공소를 차리고 얼마 지나지 않아서였습니다. 독하고 욕심이 많던 아줌마라서 나는 아줌마가 사라진 게 잘 됐다며 고소해했습니다. 아버지는 어머니에게 내쫓긴 아저씨와 함께 아줌마가 돌아올까 봐 서부두 길목을 몇 번이나 지켰고, 어머니는 사기 당한 목돈에 피를 토하며 악다구니를 철공소 쪽을 향해 날렸습니다. 우리에겐 돈, 돈, 돈타령만 하던 어머니가 사기당할

만큼 거액이 있었다는 사실은 아버지와 우리를 슬프게 했습니다. 어머니의 유일한 신앙은 돈이었으니, 아버지와 아저씨에게 재앙이 덮치고 만 것입니다. 아저씨는 남아 있는 아들과 딸을 위해 새 여자를 얻고는 잘 사는가 싶더니 철공소를 정리하고 떠났습니다. 그 후로 철공소 집은 폐가가 되었지만, 나는 식구들 몰래 불기운이 사라진 철공소와 폐가에 들어가 침대 밑에 굴러다니는 사진과 김밥을 꽃모양으로 만들어주던 새 여자의 부엌에 서 있곤 했습니다.

집이 헐리고 새로 주인을 만나 집이 다시 지어지기 전까지 오랫동안 방치되었던 폐가. 나는 훌쩍 자라서 성인이 되었어도 고향에 내려가면 어둡고 오래된 철공소에 들어가 쇠를 두드리던 소리와 진공된 공기에 휩싸인 채 아궁이를 들여다보길 원했습니다. 폐가에 들어가 거미의 검은 손톱과 쥐똥들을 보며 맨발로 들어서던 온기의 방을 생각하곤 했습니다.

아버지가 청년의 모습을 하고 매일 친구와 친하게 지내며 궁리하는 모습을 보인 게 그 시절이었던 것 같습니다. 어쩌면 내가 아버지의 옆에서 매일 달라붙어있던 시절이 그 시절뿐이었는지도 모릅니다. 어른이 되고서 류노스케의 《라쇼몽》을 읽을 때, 폐가에서 놀던 때의 소름이 고스란히 전해졌습니다. 하지만 아버지와 아저씨의 추억을 기억하는 폐가가 어쩐지 죽어서도 살아있는 자들을 기다리는 정류장 같아졌습니다.

난드르,
대평

대평리(大坪里)의 옛 이름은 '난드르'입니다. '난드르'는 평평하게 길게 뻗은 드르(野)의 지형이라 하여 한문 표기로 '大坪'이라 쓰입니다. 동서로 길게 누운 군산은 남사면이 대평리를 병풍처럼 에워싸고 있는데, 군산의 형태가 군산 뒤에서 바라보면 호랑이가 동남쪽을 바라보며 누워 있는 모습으로 선명하게 그려집니다.

〈현직 해녀 할머니들의 입으로 듣는 제주어로 된 물질 체험기〉를 채록하기 위해 제주대학교 국어국문학과에서 답사를 왔습니다. 때마침 날씨는 화창하고 바람은 다소곳합니다. 안덕 계곡의 상록수림 위로는 차가 다닐 수 있는 다리가 놓여있습니다. 다리를 지나 꼬불꼬불한 1차선 도로를 타고 대평리로 내려가는데, 중국인 어린 친구가 환호성을 지릅니다.

"아직 감탄하지 마라. 조금 이따가…… 조금만 더 돌면, 바로 지금!"

높은 도로 아래 주황색 귤과 억새를 보며 환호하던 중국인 친구에게 나는 기다리라며 그녀의 팔을 잡았습니다. 목이 기린처럼 길어진 친구를 보고 버스 안의 일행들이 웃습니다.

"와~와~ 정말이네."

대평 마을은 바위 문을 열자 펼쳐진 새로운 세계처럼 감탄사와 함께 펼쳐집니다. 모두 기린처럼 차창 밖으로 목을 빼고 바라보았습니다. 삼색이 다 갖춰진 동네라고 마을 회장님께서 소개해주셨습니다. 산, 바다, 들. 그러고 보니 수월봉이 있는 고산처럼 이곳도 세 가지가 다 들어있는 곳입니다. 군산보다 먼저 우리 일행을 반긴 것은 바다의 서쪽에 병풍처럼 서 있는 박수기정이었습니다. '박수'와 '기정'의 합성어로 바가지로 마실 샘물 '박수', 솟은 절벽 '기정'이라는 뜻입니다. 원래 대평리는 '난드르'라고 불렀지만 근래에 들어 '용왕난드르'라 부른다고 합니다. 용왕의 아들이 이 마을의 학식 높은 스승에게 글을 배우는데 근처에 '창고내'라는 냇물 소리가 시끄러워서 공부에 방해되었다고 하는군요. 그런 환경에서 3년을 글공부한 용왕의 아들이 스승의 은혜에 보답하고자 방음벽을 설치했다는데, 그것이 바로 이곳 박수기정과 동쪽의 군산이라는 전설이 표지판에 떡하니 만화로 그려져 있습니다. 방음벽에 걸맞게 파도 소리가 들리지 않습니다. 건천엔 물 대신 나무만 무성합니다.

대평리의 포구는 '당포' 혹은 '당케'로도 불리는데요, 당나라와 원나라에 말과 소를 상납하는 세공선과 교역선이 내왕한다는 데서 연유한 이름입니다. 이 포구를 통해 중국유물들이 많이 유입된 것으로 추정된다고 합니다. 지금은 '홀에미덕'에 방파제가 신설된 후로는 이곳에 정박하는 어선이 적지만 이형상 목사의 《탐라순력도》에 의하면 지금 대평리의 포구는 당과의 교역에서 중심 역할을 하던 항구였다고 합니다. 중국의 사서에서 탐라국 기록을 보면 탐라국왕이 사신을 당나라에 보내 조회하였다는 기록도 있습니다. 원나라가 제주에 '탐라총관부'를 설치하여 목마장을 두기도 할 정도이니 이 항구가 얼마나 번창했는지 알 수 있습니다. 조선시대에는 해금정책으로 이곳이 별로 활용되지 않았지만 일제 강점기 때 '송포'라는 이름으로 불렸다는

군요. 이 항구 근처에 큰 소나무가 있어서 그렇게 불렸는데, 일본인들이 9월 초순이 되면 많은 배로 어획량을 늘리던 곳이기도 합니다. 이 항구는 이제 포구라는 이름에 맞게 아담하고 소박한 곳으로 변했습니다. 옹기종기 모여 정박해 있는 어선들과 물질하는 해녀들의 숫자가 비슷해 보입니다.

오전 일정에 잡혔던 〈현직 해녀 할머니들의 입으로 듣는 제주어로 된 물질 체험기〉가 오후로 급작스럽게 밀려났습니다. 날씨가 좋아서 물질을 나가야 한다는 두 분의 해녀 할머니들의 통고에 우리는 오전과 오후의 일정을 바꿔서 마을 걷기를 하기로 했습니다. 일정이 바뀌고 시간이 지체되자 박수기정을 올라가는 것과 마을길을 걷는 것 중에 택하라는 해설사의 말에 우리는 박수기정을 외쳤습니다. 언제 우리가 저 90도 각도의 병풍 같은 박수기정을 오르겠습니까. 마을 회관에서 왕복 2시간이 소요되면 점심을 못 먹을 수도 있다고 해설사는 덧붙입니다.
"그래도 박수기정!"

8코스의 종점과 9코스의 시작점인 대평리의 포구까지 걷다가 물길을 따라 박수기정을 올랐습니다. 공마를 기르던 공몰캐라 불리던 길을 따라 오르는데, 오르막길은 개비릿길처럼 한 쌍의 개가 사랑을 나눌 정도의 폭으로, 말 한 마리만 지나다닐 수 있는 돌계단입니다. 정상은 평지라서 벌써 콩이 익고 있고, 지난 작물의 흔적으로 메밀이 듬성듬성 자라 있었습니다. 콩밭 옆에는 조경회사가 심어놓은 것처럼 나무들이 일정하게 심겨 있지만, 얼마 오르지 않아 마을의 전경과 은빛 바다가 확 트인 시야에 놓여있었습니다. 여기저기서 두 번째 환호성이 핸드폰 카메라의 셔터만큼 바쁘게 터져나옵니다. 누가 먼저라 할 것도 없이 사진 앞에서 우리는 서먹하던 버스 안의 풍경을 한방에 씻어버렸습니다. 이곳 풍경은 낯선 사람들의 마음을 열어주고 웃음을 주는 곳이 분명합니다. 풍경이 사람 사이를 맺어주는 중매쟁이가 되어버렸습니다. 사람과 사람 안에서 머물던 사람들이 풍경 속에서 서로를 바라보는 모습은 평온하기까지 합니다. 한 발짝 뒤로 물러서서 사람을 보는 모습에선 넉넉한 여유가 생긴 듯합니다. 가끔 자신의 밖에서 사람들과 자신을 바라볼 필요가 있다는 듯이, 풍경은 그렇게 짝을 지어주고 있습니다.

구찌뽕나무(구가시낭) 옆으로 난 길을 따라 내려와서 중학교 동창들이 살았던 집들을 더듬어 생각해봅니다. 비닐하우스에서 토마토를 따주던 은심이, 교회 목사의 딸인 성실이, 경희, 은희, 진영이…… 아 그리고 정말 예쁜 친구도 살았는데, 이름이 생각이 나지 않습니다. 대평리의 친구들을 만나러 중학교 때 처음 이곳에 왔던 생각이 납니다. 버스를 타고 중문 예래동을 거쳐서 왔었는데, 그만 청보리 물결에 말을 잃었습니다. 마을이 온통 청보리 물결이었습니다. 아담한 교회의 친구 집에서 방울토마토가 끝없이 매달린 어마어마한 드르의 밭으로, 전설의 고향을 촬영하던 박수기정 근처의 초가까지 두루두루 구경하던 봄날의 오후가 불현듯 영화처럼 펼쳐졌습니다. 촬영을 하던 여배우는 하얀 소복을 입고 있어도 예뻤는데 말이죠. 무서운 귀신 분장을 했어도 너무 예뻐서 촬영하는 초가의 마당에서 꼼짝없이 지켜보던 생각이 났습니다. 지금도 화보촬영과 광고의 배경으로 이곳 박수기정은 인기가 많다고 회장님은 힘주어 말씀하셨지만, 이미 나의 유년의 기억 속에서부터 이곳은 최고의 포구입니다.

보말국과 보말 칼국수, 거기다가 어촌계장님이 직접 잡으신 돌문어(돌물꾸럭)를 점심으로 먹는 행운을 뭐라 표현할 수가 없습니다. 좋은 경치를 구경한 후의 산해진미란 이런 것이구나. 정신없이 먹느라 다이어트를 결심한 엊그제의 선언을 잊었지만, 난드르의 청보리 물결과 바다는 그대로입니다.

당신이 내 얼굴을 그려주던 장소, 난드르가 그대로 남아있습니다.

침묵의
고수

내 차는 안전벨트를 매지 않으면 소리가 납니다. 나는 '마누라 잔소리'라고 표현하며 내 차에 탄 사람들에게 안전벨트 표시음이란 걸 알립니다. 그러면 얼른 안전벨트를 매곤 합니다. 당신이 내 차의 운전대를 잡은 적이 있습니다. 빽빽 울어대는 표시음에도 아랑곳하지 않고 운전을 했습니다. 마당에서 주차를 해주던 때의 일입니다. "얼른 매라구~."

그런데도 당신은 소리가 들리지 않는 것처럼 주차장에 차를 몰고 가는 것이었습니다.

"지치면 자기가 입을 닫을 거야."

당신의 말대로 마누라의 잔소리는 지칠 줄 모르다가 이내 뚝 끊겼습니다. 사실 나는 내 차가 고장이 나면 어쩌지 싶었습니다만.

아이들이 칭찬일지를 남몰래 적고 있었습니다. 서랍 속에서 발견한 리스트를 보고 조금 놀랐습니다. 당신과 나의 행동에 칭찬을 했을 때 반응과 느낌을 날짜별로 적고 있었습니다. 리스트에 나와 있는 당신의 행동과 아이들의 칭찬에 대한 반응을 보았습니다. 아무리 칭찬을 해도 당신은 별 반응이 없었다고 기록합니다. 서운하다가 이내 속을 알 수 없는 대상이 분명함. 데이터 분석을 나름 해 놓은 아이들이 귀엽습니다. 나는 리액션이 최고에다가 칭찬에 민감해서 나날이 발전하는 모습을 보이고 있음. 내가 그랬군요. 내게도 참 단순한 면이 있었군요.

당신에게서 세상을 사는 법을 배웁니다. 시끄러운 구설수는 제풀에 지칠 테고 사탕발림에도 리액션을 취하지 않으면 거품은 이내 사라집니다. 진정한 진국만 남을 뿐입니다. 이것이 담백하게 오래 사는 방법이라고 당신이 보여주십니다.

당신에게 가끔 묻습니다.

"당신은 요즘 어때?"

"나야, 뭔 걱정이 있나. 당신만 행복하게 해주면 좋아."

역시 당신은 일당백이면서 삶을 아는 고수입니다.

심미안

사랑하는 사람의 곁을 서성인다면 아름답게 글로 남겨주세요. 시인의 시를 흉내내어 써주세요. 만나주지 않는다고 욕과 함께 저주를 퍼붓는다면 당신이 간직한 사랑이 범죄를 저질렀다는 후회로 남는 거니까요. 그 사람은 지금 아무도 만나고 싶지 않다거나 당신에 대한 섭섭함이 있어서 당신이 알아달라고 시간을 주는지도 몰라요. 아니면 당신 앞에 눈부신 등장을 위해 무언가를 열심히 연마하는지도 모르죠. 선물을 준비하는지도 몰라요. 브레이크 타임, 깨진 시간이 어쩌면 새로운 만남을 위한 준비의 시간인지도 모르죠.

서성인다는 건 충분히 지극함을 갖게 해주는 시간일 거예요. 깊이 진심으로 사랑해보라는 막과 막 사이의 시간이겠죠. 아니라면 포기하세요. 그 사람이 당신을 싫어하는 데는 분명한 이유가 있을 거예요. 당신이 그 사람을 찾는 이유가 분명하듯이요. 혹시 당신은 그 사람을 위해 선물을 받는 게 좋아서 만나려 하는 건 아닌가요? 혹시 당신은 그 사람에게 부탁하거나 불평하거나 늘 빚을 지려고 할 때만 찾는 게 아닌가요? 사랑은 주고받는 거예요. 어쩌면 그 사람은 당신의 서성임을 알면서도 단호하게 침묵하며 깨달음을 요구하는지도 몰라요. 빚을 지지 말고 갚아보세요. 무조건 주기만 하고 불평하지 마세요. 무엇을 할 수 있는지, 무엇을 해줄 수 있는지만 생각하고 궁리해보세요. 그 사람이 미안해할 때까지, 그만해 달라고 할 때까지. 설마 사랑하는 게 아니고 빚지는 상황만 좋아하시는 건 아니죠? 그건 끔찍한 거예요.

그만 줘도 된다고 말할 때는 이미 사랑하고 신뢰한다는 의미니까요. 그의 곁을 서성일 때 아름답게 그 사람을 위해 글을 써보세요. 최고의 선물을 줘보세요.

그다음은

그 사람이 당신 곁을 서성일 테니까요.

가지치기

아버지는 귤나무를 키우셨습니다. 봄이 오기 전에 가지치기를 하곤 했지만 잎이 무성하면 좋지 않을까 생각하던 나는 이해할 수 없었습니다. 잎들이 잔가지와 함께 잘려나가는 걸 치우는 나는 과수원에서 얼쩡거리며 아버지 곁에 있었습니다. 귤을 수확하고 나서 새싹이 움트기 전에 잔가지를 솎아줘야 나무가 고목이 되지 않고 어린 나무를 유지하게 됩니다. 또한 귤나무 전체에 통풍이 잘되고 햇빛이 잘 비치려면 나무를 크게 키우지 않는 게 좋습니다. 에너지가 쓸데없이 분산되는 것을 줄이면 나무가 건강해집니다.

굴나무 주위에 방풍림으로 심은 삼나무는 제 스스로 가지치기를 하며 높게 자랍니다. 햇빛을 받기 위한 자구책인 셈입니다.

이렇게 잘 키운 굴나무에서 자란 열매가 채 익기도 전에 태풍에 의해 낙과가 되는 경우가 많습니다. 굴을 따서 출하하기 전까지는 굴의 수확을 장담할 수 없습니다. 아버지는 굴나무를 키우면서 하늘의 뜻을 살피셨습니다. 그런 모습은 자식에게도 마찬가지였을 것입니다. 애지중지 키우시지만 하늘의 뜻을 거역할 수 없으니 말입니다.

"무정하게도 잘 자란다."

당신은 일이 바빠서 낚시를 못 가게 되자, 난을 키우기 시작했습니다. 돌을 모으는 게 취미였던 나는 마당에 여기저기 돌을 갔다 놨습니다. 한라산과 오름, 바닷가를 다니다가 돌멩이를 기념으로 가져왔지만 딱히 수석을 모으는 것이 아니라서 마당에 나무 그늘에 올려놓거나 한라산 방향과 바닷가 방향으로 거욱대 모양 올려놓았습니다. 어느 날부터인가 당신은 오일장에서 풍란을 사오더니 내가 주워온 돌마다 올려놓고는 뿌리를 철사로 고정시키는 것입니다. 일이 끝나면 저녁마다 마당에서 풍란을 키우는 재미에 푹 빠져 살더니 어느 날은 새벽에 난향을 맡게 해주겠노라고 나를 초대했습니다. 벵에돔과 돌돔을 낚았을 때의 고요하면서 환희에 찬 당신의 모습을 난향 속에서도 발견할 수 있었습니다.

여름 햇살이 뜨거워지자 당신은 난이 자라는 돌들을 부엌 안 창가로 죄다 진열해놓았습니다. 그러면서 뿌리를 3~4가닥만 놔두고 잘라내는 것이었습니다. 에너지가 여러 갈래로 나뉘면 건강하지 못하다며 가지치기가 아닌 뿌리솎기를 하는 당신, 매일 난을 바라보고 있습니다. 당신이 이끼를 깔고 채광을 조절하며 난을 키우는 모습을 보면서 나는 스님의 취미를 가졌다며 고개를 끄덕였습니다.

아버지와 당신은 늘 말없이 뭔가를 키우는 사람들입니다. 낙과에도 갈아엎지 않습니다. 새가 난을 잡초 보듯 뽑아버리고 돌 위에서 노닥거려도 새를 잡지 못하고 쫓아냅니다. 아버지와 당신은 피하거나 순응할 뿐입니다. 큰소리를 내본 적이 없고 화풀이를 해본 적이 없습니다. 당신이 없는 동안 난에 물을 줍니다. 햇빛과 바람도 살핍니다.

"무정하게 잘 자란다."

사랑
그대로의 사랑

　화가 나서 아침 내내 구시렁거리다가도 당신을 떠올리면 한 없이 부드러워지는 나를 발견합니다. 어쩜 그럴 수 있을까요. 곁에 없어도 사랑스러워 혼자만 키득거리며 아껴두는 사람이 있어서 나의 생은 다행스럽게도 흘러가고 있습니다. 당신의 사람이 되지 말란 법이 없으니까요.

　귀인에 대한 생각을 요즘 들어 해봅니다. 큰일을 겪고 나면 주변 사람들이 정리가 됩니다. 태풍과 바이러스가 지나가면 세상이 정리가 되듯 말입니다. 그 많던 전화와 문자가 뚝, 끊깁니다. 나를 믿어주거나 나를 위해 곁에 있어주지 않습니다. 그리고 차차 정리가 되는 동안 나의 주변엔 서너 명이 남았습니다. 오해가 사라지고 일이 진화가 되었을 무렵, 슬슬 다시 전화와 문자가 옵니다. 가만히 살펴보니 모두들 그때의 일은 안됐다며 지나가는 말을 앞에 놓고는 부탁과 경조사를 알리는 아쉬운 손을 벌릴 뿐입니다. '인생은 나에게 술 한 잔 사주지 않았다.'라는 노래가 있습니다. 반면 어려울 때마다 도와주고 나면 좋은 시절은 다른 친구들과 보내는 사람도 있습니다. 그럴 때는 내 자신이 초라하게 느껴져서 그 사람을 멀리하게 됩니다.

당신은 귀인입니다. 곁에 없어도 안절부절못하며 나를 보살피는 게 느껴지는 당신을 어찌 느끼지 못하겠습니까. 큰일을 겪고 나서야 큰 사랑을 깨닫습니다. 본받을 점이 있는 사랑이면 충분합니다. 많은 이들이 무리 지어 세를 이루고 북을 치며 잔치를 벌여도 부럽지 않습니다. 큰 바위 얼굴을 쳐다보며 자라던 나에게 큰 바위 얼굴의 사람이 되지 말란 법이 없으니까요. 배울 점이 있는 사랑 그대로의 사랑이 있어서 나의 생은 충분합니다.

어쩜 그럴 수 있을까요. 곁에 없어도 사랑스러워
혼자만 키득거리며 아껴두는 사람이 있어서
나의 생은 다행스럽게도 흘러가고 있습니다.

4

겨울밤거리 구경

내가
좋아하는
겨울

새벽에 아무도 걷지 않은 눈 위에 맨발로 나가는 겨울이 좋습니다. 맨발로 찍어낸 발자국에 차갑고 시원한 첫 느낌과 얼얼한 끝 느낌 속에서 여우나 토끼를 상상하는 새벽이 좋습니다. 마을로 내려와 먹이를 구하고 돌아갔을, 어미 여우와 토끼 발자국을 찾거나 멧돼지가 파놓은 눈구덩이를 발견하는 기분도 나름 좋아합니다. 사각사각 연필로 흰 종이에 글을 쓰는 느낌을 몸으로 체험할 수 있어서 좋습니다. 눈이 많이 내린다는 일본 삿뽀로를 생각하거나, 설국에 나오는 눈 덮인 한밤의 온천을 상상하는 게 좋습니다. 나타샤와 라라처럼 털이 달린 모자와 털목도리를 하고 거울을 들여다보는 게 좋습니다.

벽난로에서 타는 장작과 물주전자가 들썩이는 석유난로가 좋습니다. 군고구마가 생각이 나서 그것도 밤고구마가 아니라 노란 호박고구마가 생각이 나는 겨울밤이 좋습니다. 발만 꼼지락거리다가 이불킥을 하고 거리로 나가보는 열한 시쯤이 좋습니다. 붕어빵과 어묵만 있고 군고구마를 찾을 길 없어 되돌아오다가 바라보는 선술집 안의 풍경이 좋습니다. 늦게까지 글을 쓰다가 밖에 나갔을 때 때마침 내린 폭설로 갇힌 잠깐의 호들갑을 좋아합니다. 폭설 속에서 체인도 없이 차를 몰고 대학교에서 아라동까지 내려올 때 진땀을 흘렸던 짜릿함도 좋아합니다.

어릴 적 교회에서 성탄 예배가 끝나고 동네를 돌아다니던 빨간 볼의 기억과 발가락이 간지럽던 동상 걸린 유년을 떠올리며 한 번씩 키득거리는 겨울이 좋습니다. 팔짱을 끼고 조심조심 걷는 당신에게 바짝 달라붙어서 듣는 달콤한 노래가 좋습니다. 가끔 당신의 등 뒤에 얼굴을 파묻고 싸락눈을 맞으며 걷던 일, 아이젠을 차고 오른 오름에서 바지춤을 내리고 싸던 오줌, 사라오름까지 오르며 스틱과 등산화가 눈계단과 미끄러지듯 마찰할 때의 촉감이 좋았습니다. 기념일과 크리스마스를 한꺼번에 퉁친 아이들의 크리스마스 카드를 좋아합니다. 전기장판에서 뒹굴뒹굴하면서 자다가 조는 곰탱이의 유전자가 확실한 겨울이 좋습니다.

눈은 내리는데 매화가 피어있는 광경은 겨울을 기다리는 이유 중에 단연 최고입니다. 하얀 눈 위에 빨간 열매가 하나 떨어진 모습도 좋아합니다. 송년회가 끝나고 집으로 돌아오면 당신이 자고 있는 침대에 가서 당신의 겨드랑이와 다리 사이에 찬손과 발을 끼워도 웃어주는 겨울밤이 좋습니다. 뭐니뭐니해도 백석의 나타샤와 흰당나귀를 생각하고 닥터지바고의 얼음 궁전과 남자 배우의 눈을 생각하고, 러브스토리의 음악을 듣는 겨울이 좋습니다. 기차를 타고 가며 바라보는 차창 밖의 산골 풍경은 얼마나 좋을 까. 김종삼 시인의 '성탄제'를 생각하고 안도현 시인의 '그리운 여우'를 생각하는 겨울이 좋습니다. 가맥과 떡국이 맛있던 뭍을 그리워하고 난로와 밤송이들이 있는 지인을 찾아가서 함께 눈 위에 서 있는 시간이 좋았습니다. 오래된 지인들과 새로 사귄 지인들과 사케와 연어회 한 점을 먹는 눈 내리는 날은 한라산 소주와 얼린 한치회를 먹는 날처럼 겨울이라서 더 운치 있습니다. 웃다가 울다가 12월 31일의 지는 해와 1월 1일의 떠오르는 해를 볼 수 있어서 좋습니다. 내 마음속에 있는 당신과 함께라서 추운 겨울일지언정 좋아합니다.

겨울에
만난 당신

1. 눈이 덮인 한라산을 가리키며 함께 보는 공항에 마중 나가는 걸 사랑합니다.

2. 서로에게 다가가며 포옹을 하거나 차가운 손을 잡고 그동안의 그리움을 대신하는 뜨거운 가슴을 사랑합니다.

3. 공항을 빠져나와 잘 선곡된 노래를 차 안에 틀어놓고, 미리 봐 둔 밥집을 향해 가는 시간을 사랑합니다. 나와 듣던 음악을 당신은 돌아가서 듣게 될 테니…….

4. 보말 칼국수에 청양고추를 넣어 먹는 당신과 늙은 호박 삶은 반찬이며 제주고사리 반찬을 집어먹는 나. 보말 이

야기… 보말 칼국수 끓이는 법을 설명하는… 뭐든 만드는 걸 좋아하는 흥미로운 발견을 공유하는 걸 좋아합니다.

5. 감기를 옮길까 봐 검정 마스크를 쓰고 온 당신께 옮겨도 좋으니 마스크를 벗으라고 말하며 바라보는 용담해안도로와 수평선, 빨간 등대를 사랑합니다. 사실 아침에 생강차를 끓여 보온병에 담아두었습니다. 하지만 일부러 놓고 왔어요. 초능력자 같아 보이면 나중에 오싹할까 봐요. 진짜 감기에 걸린 걸 보고 내내 한숨이 나오던 내 마음… 다음엔 그냥 내 마음까지 다 가져올 거예요.

6. 옷장에서 블루의 니트와 쑥색 니트를 골라 챙겼다가 다시 걸어두고 나왔는데요. 쑥색 니트를 골라입은 당신을 만났을 때, 통하는 옷 취향을 사랑합니다.

7. 모임에서 재밌게 말하고 나와 옆에 붙어있는 당신을 사랑합니다. 원더풀 투나잇~!

8. 당신이 방어회랑 제주막걸리를 잘 먹어줘서 좋아요. 난 레몬을 뿌린 방어회를 후회하며, 한라산 하얀 소주를 찔끔 마시면서 당신을 찾아 눈을 맞추는 걸 사랑합니다.

9. 모임을 비행기 시간보다 넉넉하게 남겨두고 나와서 우리끼리 이야기를 하고 서로를 칭찬하는 시간을 사랑합니다. 좋아하는 작가 이야기, 모임에 얽힌 비하인드, 밤바다의

수평선에 걸린 고깃배를 바라보며 달리는 공항 근처의 해안도로를 사랑합니다.

10. 선곡된 노래를 따라 부르는 당신……. 당신의 목소리마저 감동입니다.

11. 공항에 가서 크리스마스 트리 앞에서 사진을 찍고, 팔짱을 껴보는 순간의 숨막힘을 사랑합니다.

12. 갈치젓인지 자리젓인지 모를 젓갈을 찍어 먹고 멸치 반찬을 먹고… 별의별, 별일 아닌 이야기를 마구 쏟아내는 나와 당신의 이야기를 사랑합니다.

13. 언제 다시 만날까, 눈 내리는 창밖을 바라보며 한숨 쉬는 것도 좋고, 나만 바라보라며 도장을 꾸욱, 누르고 떠난 당신을 사랑합니다.

14. 비행기가 이륙하는 출구 앞에서의 긴 포옹을 사랑합니다.

15. 출구 건너편, 당신이 돌아서서 손을 흔드는 12월 토요일 마지막 비행기 시간을 사랑합니다.

16. 허공에 날아가고 있을 당신의 그 시간 내내, 당신이 착륙할 즈음 맞춰서 "잘 도착했어?" 문자를 보내는 걸 사랑합니다.

17. 당신의 대답… 나의 간단한 대답… 긴 여운 긴긴밤을 한없이 사랑합니다. 당신이 제주도를 생각하며 쓸 연서와

당신이 제주에 관한 일기를 오늘 써보고 싶어졌다는 샘 솟음을 사랑합니다.

이제 당신의 문장을 다 읽어서 심심하다며 재촉하는 내게 이제 다시 글을 써야겠다는 당신의 솔직함… 다른 즐거움과 재능은 모두 피하고 평생 당신의 문장을 읽고 싶다는 내 진심… 당신이 꼭 듣고 싶어 하는 말을 내가 해서 다행이라는 거 알아요?
… 인연이라는 기시감… 봄을 기다리는 동안 겨울이 추억과 기억으로 든든한 양식창고를 가진 당신과 내가 천애지기라는 사실을 사랑합니다.

이월의
흥취

마당에 하얀 꽃봉오리들이 든든한 잎사귀도 없이 피고 있습
니다. 꽃송이가 피어나면 정말 봄이 온다는 신호입니다. '휴~,
길고 긴 겨울이었어…. 하지만 네가 피어서 다행이야.' 창문에
매달려 꽃송이들에게 손을 흔듭니다. 한 송이, 안녕?…, 두 송이
야, 안녕?…, 이월의 아침인사는 창문에 매달려 꽃송이들과 함
께합니다. 라디오는 아침마다 나의 마당에서 피어나는 꽃송이
들을 위해 선곡에 신경을 쓰는 것 같습니다. 왈츠를 선곡한 그
제, 어제는 슈베르트의 〈그대는 나의 안식〉, 오늘의 선곡인 어쿠
스틱 카페의 〈라스트 카니발〉도 나쁘지 않습니다. 가끔 생뚱맞

게도 기타곡인 라틴 재즈풍의 〈모닝 글로리〉 같은 곡을 선물하기도 합니다. 아무렴, 꽃들을 위한 선곡인데요. 나의 설렘이 덩달아 좋습니다. 오늘 아침은 눈이 내립니다. 〈라스트 카니발〉의 곡처럼 눈송이들이 마지막 축제를 즐기러 내려오고 있습니다.

제주에선 눈이 수직으로 내리는 경우가 거의 없습니다. 사선으로 내립니다. 조용히 내려오지 않고 바람을 타고 쳐들어옵니다. 빰과 귀가 얼얼하게 내릴 때도 있습니다. 내가 예뻐하는 눈이지만, 힘을 부리며 다발로 내려오면 좀 얄밉습니다. 뾰로통한 내가 눈발에게 화를 내며 창문에 커튼을 칠 때도 있습니다. 아, 그렇지만 이월에 내리는 눈은 다릅니다. 눈발이 아니라 눈송이로 내리니까 괜찮습니다. 이월은 매화 꽃송이들이 겨우 용기를 내서 피어보려고 조심조심 여러 날 마음을 다잡고 있으니 눈도 예의를 갖추고 찾아오는 것입니다. 나비처럼 나풀나풀 내리기도 하고, 엉덩이에 등을 매단 반딧불이처럼 환하게 내립니다. 매화 꽃송이들의 친구답게 예쁘게 내릴 줄 아는 이월의 눈송이들도 사랑합니다.

매화는 꽃송이들이 동시에 피지 않습니다. 한 송이가 피어나면 며칠을 기다려야 합니다. 처음 핀 꽃 한 송이가 괜찮다고 가지를 문지르며 소곤거리면 다음 꽃송이가 발레 슈즈를 신고 조심조심 치마를 한 바퀴 돌려보며 필 때까지요. 맨살의 가지들에게서 피어나는 매화의 꽃잎은 머리 위에 하트를 그리며 뱅그르르 피어납니다. 꽃잎 속의 더듬이들은 손끝을 뭉툭하게 하고는 실로폰 채처럼 허공을 두드립니다. 선곡된 음악을 태내에서부터 들었다는 듯 추운데도 율동이 꽤 자연스럽습니다. 한 송이, 두 송이… 뜸들이며 피어나고, 피어나려고 하얗게 부풀고 있는 봉오리들의 숫자를 세느라 창문에 바짝 붙은 내 손가락이 매일 점자를 읽듯 더듬거립니다.

이월은 매화꽃을 기다리는 재미가 있습니다. 남쪽 마을답게 꽃들의 시작은 이월부터니까요. 여간 기쁜 게 아닙니다. 꽁꽁 언 뭍의 친구들에게 매화꽃 사진을 보내면 환호와 탄식이 쏟아집니다. 어쩜, 봄이 올 것 같지 않은 때 묻은 솜이불 속의 발가락들이 이 사진을 보고 간지럽지 않을까요. 질린 외투 속의 내복들과 겨울 냄새로 물린 입속의 말들이 뛰쳐나오고 싶지 않을까요. 봄꽃 소식에 웃음을 짓겠지요. 남쪽 마을에 가고 싶어 몸이 뒤틀리는 경련이 한번쯤 일어 탄식이 저절로 나오겠지요. '남쪽 마을에 가고 싶어.'라고 저도 모르게 터져 나오는 혼잣말에 놀라겠지요. 매화 꽃송이 하나가 온 세상을 두드리며 봄을 알리는데, 눈이 내립니다.

뒤꿈치를 들고 살금살금 와야 할 착한 눈송이들이 오늘은 백 미터 앞에서부터 뛰어오네요. 뛰어내리네요, 사선으로 슬라이

딩을 하네요. 달리기 선수였다가, 다이빙 선수였다가, 야구 선수가 되어버렸습니다. 하긴, 꽃 앞에선 누구나 개구쟁이처럼 급하고, 건달처럼 가슴이 한껏 부풀고, 긴장한 청년처럼 넘어지는 실수를 하겠지요. 그러니 혼낼 수도 없습니다. 눈송이들이 꽃송이들과 축제를 즐기려고 우당탕거리는 거니까요. 꽃송이를 혼자만 보기 아까워서, 쑥스러워서, 자랑하고 싶어서 친구들을 데리고 오는 것이니까요. 예의를 갖췄지만 소년 같은 맑은 심성을 감출 수 없는 눈송이들입니다. 조용히 오면 꽃송이들이 놀랄까봐 미리 쿵쿵거리면서 어른 흉내를 내는 것입니다. 쿵쾅쿵쾅 일부러 큰 발자국으로 꽃송이 곁에 오는 것입니다. 꽃송이를 보호해 주고 싶어서 큰 어깨를 가진 멋진 영웅이라고 위엄 있게 보이려고 하는 것입니다. 오늘 아침은 눈송이들이 제법 신경을 써서 준비한 춤을 추고 있습니다. 반딧불이가 아닌 갈매기의 날갯짓 같습니다. 긴 항해를 마치고 온 갈매기처럼요. 〈위풍당당 행진곡〉을 틀어줄 걸 그랬습니다.

　이월의 눈송이들이 볼이 발그레한 매화 꽃송이들과 만나는 풍경을 창문 안에서 바라봅니다. 입김에서 나온 서리가 일기장에 몰래 쓴 편지처럼 창문 가득 덮이면 팔로 쓱쓱 지우며 다시 쳐다봅니다. 〈사랑은 연필로 쓰세요〉라고 했던 당신을 생각하며 지웁니다. 지금은 내 사랑이 아닌 저들의 사랑을 보고 있으니까요. 몰래 봐야만 하니까요. 저들의 몰입에 내가 끼어들면 안될 일입니다. 아무리 사랑하는 모습이 예쁘다 할지라도 둘만의 연애에 끼어들면 안 됩니다. 그것은 바라보는 삼자의 예의가 아니니까요. 바라보는 자에게도 예의가 필요한 법입니다. 어떻게 만난 사이들인데, 내가 훼방을 놓는다면 안 될 일이니까요. 보호해줘야겠습니다. 아름다움을 지켜줘야겠습니다. 바라보는 즐거움을 준 저들에게 해를 끼치면 안 될 일입니다. 감탄사를 연발하며 아름다움을 지켜보는 특권을 누리게 해준 연인들에게 고마워할 따름입니다.

아, 손가락으로 점선을 그리며 찾던 꽃송이가 삼각형에서 육각형으로 늘어났습니다. 매화가지에 붙은 눈송이가 꽃송이로 변해버렸습니다. 꽃송이는 눈송이가 되어버렸습니다. 사랑하면 서로 닮아버리는 것처럼요. 마치 우리 사이처럼요.

매화 꽃송이들의 친구답게
예쁘게 내릴 줄 아는
이월의 눈송이들도 사랑합니다.

꽃의
이중창

레오 들리브가 쓴 오페라 〈라크메〉(1883)에 나오는 1막을 듣는 아침입니다. '꽃의 이중창'이라는 번역을 보며 프리마돈나들의 이중창을 떠올렸습니다. 라크메가 시녀 말리카와 함께 연꽃을 따러 배를 타고 가면서 부르는 곡이라는군요. 가슴을 한껏 부풀려서 둥근 입 모양으로 보내는 화성과 강렬한 눈빛으로 흩어지는 선율의 끝을 신비롭게 마무리하는 공연을 떠올려봅니다. 마리아 칼라스나 조수미, 신영옥을 사랑한다면. 아, 바이올린을 연주하는 정경화의 앨범 자켓도 만만치 않게 고혹적입니다. 이 카리스마 넘치는 여인들의 사진을 가끔씩 들여다보곤 합니다. 독창에도 독보적인 그녀들의 화음은 소프라노와 메조 소프라노의 이중창을 아무렇지 않게 소화해내고 있습니다. 사소하거나 위대하거나 그녀들은 완벽하게 자신의 목소리를 내고 있습니다. 나란 여자는 더군다나 대륙의 끝자락에 닿을락 말락 한 섬에 사는 나란 여자는, 학벌도 권력도 그저 섬에서 나고 자란 것에서 배우는 섬처녀 나부랭이라면, 글을 쓰는 것들도 도시의 모던한 것을 모르는지 아는지 바다, 초원, 동네 삼촌의 풍경들 속에 멈춰있는 여자라면, 인사이더가 아닌 아웃사이더라서 꽃의 이중창을 부르지 못하는 건가요…….

부를 수 있겠지요. 어쩌면 더 섬세하고 살아있는 꽃의 이중창을 부를 수도 있겠지요. 지금 이순간은 아웃사이더라 할지라도 말입니다. 최치원도 당나라까지 갔다 온 수재지만 6두품에 머물렀답니다. 신분제도를 뛰어넘을 수 없었던 시대를 살면서 신세한탄을 하며 지냈다더군요. 주변을 바라보며 지은 시나 당나라를 보고 와서 지은 모던한 시나 결국 썼기 때문에 지금까지 그의 이름이 남아있는게 아닐까 생각합니다. 지금 어떤 상념이 생각을 방해하여 글을 쓰지 못한다면, 지금 어떤 상황이 상태를 방해하여 글을 쓰지 못한다면, 지금 소문과 질투와 형편없는 손가락질에 심장이 사라졌다면 작가가 아니라고 생각합니다. 외로워도 슬퍼도 캔디처럼 웃으며 글을 쓰고, 달려라 하니처럼 글을 쓰고 있는 현재진행형이 당대의 작가라고 봅니다. 귀마개와 눈가리개가 필요하다면 함께 〈꽃의 이중창〉을 불러 보아요. 지음인 당신이여.

당신, 우리는 꽃 지는 밤에 만나 실컷 화음을 넣은 노래를 부르며 살아요. 꽃 피는 아침이면 안쓰럽게 우리를 바라보고 계신 영감이 혀 차는 소리를 내며 심장을 꿰매주실 겁니다. 그러니 내가 피고 지면 당신은 지고 피어나십시오. 우리는 서로 일으켜 세우며 다시 글을 쓰는 작가가 됩시다. 독창을 독보적으로 잘 부르는 당신과 나지만, 화음도 탁월한 만능이 되어 봅시다. 시면 시, 서사면 서사를 쓰는 오직 쓰는 행위만이 살아있음을 느끼는 작가가 되어 봅시다. 쓰던 글이 안 되면 노래로 불러 봅시다. 기분이 좋은 날엔 가난한 영화의 시나리오처럼 뭔가를 계속 쓰는 주인공이 되어봅시다. 마리아 칼라스도 조수미도 신영옥도……. 그리고, 우리가 사랑하는 주현미도 나훈아도 곁에 누군가와 노래를 함께 부르다가 다시 자신의 노래를 불렀잖아요. 아, 나의 루치아노 파바로티를 뺄 순 없지요. 그들처럼 혼자서 쓰다가 함께 쓰다가 그렇게 함께 끝까지 쓰면서 생을 살아보길 갈망합니다.

외로움과
고독

옆집에는 두 자매가 있습니다. 큰 애는 내게 소소한 선물을 자주 챙겨주며 주변에 일어난 일들을 말합니다. 자신의 괴로움이나 처한 상황도 쉽게 말합니다. 위로를 해주거나 도와주려는 생각이 들어 이것저것 함께 일을 거들어주었습니다. 어려움을 이겨내고 열심히 생활하는 것 같아 주변에 도와주는 사람들도 생깁니다. 큰 애는 혼자 밥을 먹거나 혼자 일처리를 하지 않습니다. 항상 친구들을 불러 모아 밥을 먹고 일을 처리합니다.

작은 애는 말이 없고 속을 쉽게 드러내지 않습니다. 불러와서 밥을 먹이거나 이것저것 물어봐야 겨우 몇 마디 대답을 합니다. 혼자 끙끙 앓기도 하고 혼자 일을 처리합니다. 혼자 밥을 먹거나 여럿이 있어도 크게 드러나지 않습니다. 자신이 처한 상황이나 아픔을 드러내지 않기에 위로를 해 줄 수 없고 도와줄 수도 없습니다. 시간이 지나고 나면 작은 애의 선행이나 꼼꼼한 일처리에 감탄하기도 합니다. 남모르게 나의 일을 도와주거나 나를 헤아려주는 사려 깊음에 감동을 받기도 합니다. 하지만 가끔 타인의 행동에 구시렁거리거나 자신을 비관하는 일이 많습니다.

두 자매에게 곤란한 일이 생겼습니다. 아랫집에 사는 남자 아이가 있습니다. 물론 두 자매보다 나이가 한두 살 많습니다. 부드러운 목소리와 유머감각까지 있습니다. 나의 일도 잘 거들어주고, 두 자매의 일도 잘 거들어줍니다. 두 자매의 장점에 칭찬할 줄도 압니다. 두 자매를 똑같이 사랑하는 듯 대합니다. 내가 봐도 헷갈리게 말입니다. 하지만 오빠니까 그러려니 했습니다. 그래서 두 자매는 동시에 오빠를 좋아하게 되었습니다.

큰 애는 자신의 괴로움과 처한 상황을 오빠에게 쪼르르 달려가 이야기를 합니다. 선물을 주기도 하고 자신이 얼마나 착하고 부지런한지 증명해 보이려고 자신이 하고 있는 일들을 보여줍니다. 어머, 내게 하던 것과 똑같네요. 오빠가 준 편지며 선물을 공개하기도 하고 오빠의 그림 솜씨를 여러 사람에게 자랑하기도 합니다. 오빠가 자신을 특별히 사랑하고 아끼는 것처럼 보여줍니다. 실제로 그렇게 보이기도 합니다.

작은 애가 앓이를 합니다. 오로지 오빠만 쳐다보며 온갖 일을 도맡아 합니다. 큰 애가 벌여놓고 처리하지 못한 일이나 동생에게 시킨 일을 하면서도 티를 내지 않습니다. 성실하지만 한숨이 늘었습니다. 구시렁이 늘었습니다. 정말 힘든 사람은 자신의 괴로움을 입 밖에 꺼내지 못하니까요. 남에게 쉽게 구걸하거나 동정을 받는 걸 자존심이 허락하지 않기 때문입니다. 대신 고독해지고 있습니다. 사회에 불만이 생기거나 부당한 현실에 구시렁이 늘어났습니다. 다른 곳에 화풀이란 그런 것이겠지요. 저러다 화병이 나서 죽겠지 싶습니다. 보다 못해 내가 한 번씩 말을 걸면 그제서야 속 얘기를 하지만 속 이야기를 다 하지 못함을 알 것 같습니다. 포기하지 않음도 알 것 같습니다. 이렇듯 외로움은 상대적인 것과의 온도 차에서 발생하고 고독은 자신 안에서 발생하는 온도 차이라고 생각합니다. 오늘도 큰 애와 가슴앓이하는 작은 애들이 올라오는 발자국 소리를 듣습니다.

외롭지 않게,
고독하게
길들이기

시를 쓰거나 글을 쓰면 외롭지 않습니다. 오히려 친구들이 귀찮아서 왕따를 시켜놓고 혼자 즐기기도 합니다. 너무 재미있으니까요. 그리고 내 자신의 오락가락하는 마음도 길들일 수 있습니다. 친구끼리 상담해봐도 고만고만한 수준이라 속 시원하게 해결도 안 되고 낮은 수준에 물들어 있는 줄도 모르게 됩니다. 그러다가 좋은 책 속에서 멋진 문장을 만나면 내 수준의 한계를 느끼는 거죠. 그러니 나의 감성, 감정들과 심오한 세계를 기록하면서 자신을 길들여 봅니다. 그러다 보면《종이 봉지 공주》에 나오는 엘리자베스 공주처럼 자신만 아는 잘난 척 왕자로널드를 차버릴 수 있는 용기가 생기겠지요. 당신과 나에겐 용기가 필요합니다. 아이들도 그렇고, 어른들도 용기는 늘 필요합니다. 나의 서정성을 일깨워주는 시가 용기라고 생각합니다. 당신도 당신 자신을 길들이는 중입니다.

내 안의
서정을
깨우는 시간

나는 누군가의 자랑이 되어야 할까? 누군가가 혐오하고 싫어하는 사람이 될 것인가? 나는 누군가의 위로가 되고 안식이 되는 우주가 되고 있는가? 시는 나에게 어떤 의미가 되어야 하는가? 시의 스토커가 될까? 시와 그 주변을 무너뜨리는 악인이 될 것인가? 악인이 되어 시를 모르는 사람들에게 시인 흉내를 내면서 환심을 살까? 이러한 철학적 질문을 하며 아둔한 제 자신을 극복하려 애씁니다. 아직 모르는 것이 너무 많아서 배울게 너무 많습니다. 무엇이 시와, 사랑과, 친구와, 세상의 자랑이 될 것인가. 참된 시인이 되려면 무엇이 필요할까? 생각해봅니다. 돈, 공부 잘 하는 것, 노래 잘 부르는 것, 바른 생활, 단정한 옷차림, 귀 기울여 경청해주는 것, 길가에서 만난 풀꽃도 사랑해주고 쓰다듬어주는 것, 노트 필기를 예쁘게 하는 것, 프사 배경음악으로 고운 음원을 깔아주는 것, 멘토들이 추천하는 음악과 책을 다 읽어보기, 할 수 있는 일은 너무 많습니다. 이러한 것들을 접하고 배우면 곧 지루해지고, 싫증이 나더라도 지금 이 순간은 국경 없는 요정처럼 날아다닐 수 있습니다. 그리고 남과 비교하지 않고, 어제보다 나은 오늘의 내가 되려고 노력합니다. 어제의 실수를 조금 덜 하기 위해 아이들에게 배우고, 동네 어른들의 모습에서 배웁니다. 그리고 자주 감동하기 위해 마음이 뜨거워지는 곳을 일부러 찾아가기도 합니다. 영화를 보는 것도 그렇고, 책을 읽는 것도 그런 일들과 연관이 있습니다. 드라이브를 하면서, 혹은 혼자 걸으면서 듣는 노래와 라디오도 좋아합니다. 요즘은 오디오북도 좋아지기 시작했습니다. 자꾸 들으려고 하고 있습니다.

내 안의 소리, 세상의 소리들, 그중에 내 안의 소리를 가장 많이 들으려고 합니다. 내가 나에게 무엇을 말하려고 하는지 들으려고 말입니다. 친구의 잘못과 단점보다 측은한 연민을 생각하고, 장점을 보기 위해 나를 훈련시킵니다. 나쁜 것에 물들어서 집착하다가 함께 파탄 나지 않으려고 '아니오'를 말할 수 있는 내면의 힘을 키우기도 합니다.

의미와
무의미

내가 하고 있는 일이 자발적이지 않고 남이 시켜서 하는 일인가, 마지못해 하는 일인가? 그런데 사회에서 원하는 일이라면 나는 어떻게 할 것인가, 사회는 나를 필요로 하는가? 이러한 것들이 의미와 무의미를 구분 짓는 질문이라고 생각합니다.

어릴 때 의미 있는 것들이 어른이 되면 무의미해지는 것들도 많습니다. 그래서 아이들은 종종 "어른들은, 몰라도 돼요. 말하면 어른들이 알아?"라면서 어른들과 벽을 세우는 것입니다. 어른도 어린 시절이 있었으면서, 다 까먹고 계속 어른 상태로 산 것처럼 잔소리하기 때문입니다.

글을 쓰는 것은 결국 나를 찾는 것입니다. 세상에 나와 가장 오래도록 많은 걸 공유할 사람은 나 자신이기 때문입니다. 그러기 위해서 나를 위해 글을 씁니다. 나는 하루 종일 남의 말에 귀 기울여야만 살 수 있는 세상에 살고 있기 때문에 더욱 그럴 필요가 있는 것입니다. 이런 생각이 드는 요즘의 생활은 나에게 큰 의미가 있습니다.

폭과
팡

마을 어귀마다 정주목인 팽나무가 서 있습니다. 일명 '폭낭' 이라고 불리는데 신당과 쉼팡(정자나무)으로 쓰였습니다. 육지로 치자면 느티나무쯤 될 것입니다. 큰 폭낭 한그루가 있으면 여름 철 내내 아이들은 나무에 기어 올라가 폭낭 열매를 따먹었고, 어른들은 나무 그늘에 앉아 한여름을 났습니다. 폭낭은 강인한 제주 정신의 상징이기도 합니다.

폭낭은 추위와 염분에 강하고 바람에 강합니다. 바람에 나 무가 꺾이면 그 자리에 다시 움이 솟는 강인한 생명력이 있습니 다. 제주를 여행하다 보면 한쪽으로 쏠린 폭낭들을 볼 수 있을 겁니다. 바다에서 불어오는 바람 탓에 제주도 폭낭은 한라산을 향해 있습니다. 그러면서도 중심을 잘 잡고 서 있는 폼 나는 나무입니다. 바람을 견딘 고통의 대가로 예술의 극치를 보여주는 제주의 자연산 예술작품이라 할 수 있겠습니다.

폭낭은 물색천을 두른 신당이 되기도 합니다. 폭낭에 둘러싸인 여신과 남신의 결합으로 허정승 따님을 신으로 모시며 매년 정월 14일과 7월 14일에 제를 올리는 와흘당이 있습니다. 제주시 월평동과 영평동 다라쿳당의 폭낭에 좌정한 신당 이야기도 꽤 흥미롭습니다. 남신 산신백관은 한라산에 솟아난 토착신으로 수렵 목축의 신이자 마파람의 신이며 육식을 부정하는 신입니다. 여신은 강남에서 온 외래신으로 농경신이자 하늬바람의 신이며, 쌀밥을 관리하는 깨끗한 신으로 아기를 보살피는 산육신입니다. 폭낭에 실린 남녀의 신이 부부의 연을 맺고 좌정한 이야기가 요즘 이주자가 늘고 있어 제주인과 결혼을 많이 하는 풍토와 비슷해서 꽤 흥미롭습니다. 문화의 섞임과 공존을 보여주는 폭낭신의 이야기가 재미있습니다. 무속철폐에 따른 신당의 수가 감소하고 있지만 숲은 숲으로 봐주는 아량도 필요하다고 봅니다. 사악한 정령이 깃든 나무가 아니라 제주인의 정서와 이야기를 담고 있는 중요한 문화자원입니다.

폭낭의 또다른 용도가 있습니다. 굵고 커다란 폭낭의 그늘이 드리워지는 원둘레만큼 단단한 돌평상을 만들어 놓은 걸 볼 수 있습니다. 이를 '쉼팡'이라고 부릅니다. 쉼팡은 '쉬는 팡'의 준말로 마을의 큰 나무 그늘 아래 쉴 수 있게 놓여 있는 넓적한 돌을 말합니다. 마을 사람들이 여기에 모여 서로의 안부를 묻거나 마을의 대소사를 의논하곤 하였습니다. 나는 지인들과 제주 마을 길을 걸을 때마다 우스갯소리를 늘어놓곤 합니다.

"저기 보이는 쉼팡에는 아무나 앉을 수 없답니다. 60세 이상 어르신들만 앉을 수 있어요."

마을길을 걷다가 잠시 쉬려는 지인들을 붙잡으며 하는 말입니다. 하지만 요즘은 고령화가 되어가는 마을에서 60세는커녕 70세도 청년회장이 되고 있습니다. 즉, 쉼팡에 앉을 수 있는 나이가 70세 이상이라는 뜻이기도 합니다. 60세도 청춘이니 열심히 일을 합니다. 그런 분들 앞에서 우리가 취업이 안 된다, 일이 힘들다고 하면서 쉼팡에서 쉴 수가 없는 것입니다. 제주의 노인들은 투잡 혹은 쓰리잡으로 눈코 뜰 새가 없습니다.

제주에 이주한 육지 사람들의 공통된 질문이 있습니다
"왜 제주에는 밤 9시만 되면 마을이 깜깜해요?"
즉, 저녁과 밤의 놀이가 없다는 표현입니다. 야간에 마실이라도 나갈라치면 사방의 소등으로 무섭다는 농담 섞인 표현이 겠습니다. 그렇다면 새벽 4시에 일어나 거리로 나가보라고 권합니다. 아직 동이 트지 않은 농로나 과수원을 향하는 노인들이 헤드라이트 속에 잡혀 깜짝깜짝 놀라게 될 것입니다. 어둠 속에서도 밭으로 나가는 할머니들을 발견하고는 놀라게 될 것입니다. 왕성한 노동력과 집념의 에너지로 새벽일을 끝마치고는 한여름 뙤약볕 아래서는 쉼팡에서 쉬고 계실 노인들을 보십시오. 햇볕이 사그러지는 석양 한 타임을 놓치지 않고 다시 밭으로 나가 농작물에 물을 주시거나, 바다로 나가 어렝이와 보말을 잡고 돌아오실 겁니다. 갓 잡은 바다의 스테미너 음식을 먹고는 불면도 없는 단잠에 빠져 주무십니다. 어김없이 다음날 새벽에 일을 나가시는 어르신들의 강인함을 엿볼 수 있습니다. 어찌, 쉼팡에 우리가 앉아 놀 수 있겠습니까.

나는 '팡'이라는 말을 좋아합니다 사람과 사람 사이에 간격처럼 잠시 쉬면서 서로의 노고를 쓸어주고 격려해주는 '잠시 쉬어가는 시간'이라고 표현해도 좋겠습니다. 우리는 일만 하는 기계가 아니기 때문입니다. 인간이기에 괴로움과 말로 풀어내지 않으면 안 되는 것들이 있습니다. 한여름 뙤약볕처럼 삶에 있어서 계획대로 일을 처리하지 못할 때, 혼자 감당하기 어려워서 이러지도 저러지도 못할 때 서로에게 '팡'이 되어 주는 마음의 휴식 공간을 만들 필요가 있습니다. '사람들 사이에 섬이 있다'라고 고립과 고독을 시로 표현하신 시인 대신 '사람들 사이엔 팡이 있다'라고 시를 고쳐 써도 좋겠습니다. 사람은 결국 서로 말로 소통하고 위안받으며 다시 살아가야 하는 존재가 아닌가 싶습니다. 이제부터 '섬'이 아니라 '팡'이 되어 주는 시간을 가져보는 게 어떨까요. 나는 누구의 '팡'이 될 수 있을까요.

올레의 입구를 어귀라 부르는데 올레 어귀에는 외부와 집 안을 뚜렷하게 구분 짓는 지방돌이 가로로 땅바닥에 박힙니다. 어귓돌은 여기서부터 민가의 입구가 시작됨을 암시해주는 기능을 지니고 있습니다. 이곳에 몰팡돌(노둣돌)이 놓이는 경우도 많습니다. 올레 어귀에서 민가 쪽으로 들어가면서 올레 바닥의 양 옆에는 다리팡돌를 설치합니다. 비가 올 때 신발에 흙을 묻히지 않고 걷도록 배려하는 것입니다. 이처럼 제주에는 나무와 돌을 가지고 상대방을 배려하는 문화를 만들어 왔습니다. 쉼과 배려는 사람과 사람 사이에 다리를 놓아주는 중요한 역할을 합니다. 머리가 복잡할 땐 잠시, 바람 좋은 볕을 쬐며 폭낭과 쉼팡이 있는 제주 마을을 거닐어도 좋겠습니다.

당신의
이야기를 들려줄 때
제주 바다는
시가 되었습니다

"개인적이고 사사로운 이야기를 환영합니다."

이야기와 인정을 잃어버린 사람들이 신화가 살아있는 제주로 오고 있습니다. 침묵하는 사람들의 슬픔에 한라산이 입을 다물고, 노루가 검푸른 숲으로 달아납니다. 고래가 수면 위로 올라오지 않는 바다에서 등대는 빛을 잃고 있습니다.

사람 사이에 근심과 아픔, 기쁨과 희망을 말하는 이야기는 오고 가야 합니다. 이야기 속에서 위로와 축복이라는 온정이 생기면 열정이라는 불씨가 번집니다. 따뜻함이 사라진 너와 나 사이에서 발열 대신 불신이 생기는 우리는 불안합니다.

신화는 철학 이전의 서사에서 시작되었습니다. 서사에 시가 붙고 나서 널리 퍼지게 되었습니다. 서사시를 들은 사람들이 신화에 귀를 기울이고 호기심이 생겨났습니다. 호기심은 모험으로, 모험은 사람과 사람 사이의 여집합을 교집합으로 만들었습니다. 서로 비슷한 생활 풍속에 반가워하고, 낯선 문화에서 새로운 문화를 만들었습니다. 개인이 가족이 되고 나라가 되어 번성했습니다. 이야기와 시가 없는 공동체는 비밀 결사단이거나 지식을 써놓은 책에 불과합니다. 지식은 책을 읽으면 되지만, 질문이 생겨나는 감수성은 인간과의 생활과 소통에서 비롯됩니다. 시대의 성장으로 육체와 지식을 보유한 뇌는 비대해졌지만, 정신과 감성 발달은 수면 밑으로 혹은 검푸른 내면으로 사라지고 있습니다.

예술과 문학은 인간의 위대한 모험입니다. 흥미라는 열쇠를 지닌 몸과 영혼이 직접 찾아와 문을 열 때 열리는 사원입니다. 모험을 잃은 손끝의 클릭으로는 사원의 문을 열 수 없습니다. 그렇다면 사소하게, 개인적으로 자신의 천일 야화를 들려줄 이야기꾼들과 이 시대의 불가능한 감수성을 지닌 시인들은 자신이 얼마나 위대한 존재인지를 스스로 질문하고 깨닫고 계신가요. 그 피를 이어받은 아이들은 탄생되고 있나요. '큰 바위 얼굴'을 동경하던 우리는 얼마나 넓고 풍부한 이야기와 시를 지니고 있을까요. 바로 그대, 바로 당신의 이야기가 궁금해지는 호기심으로 당신의 마음을 열게 한 모험가에게는 단단한 신화가 있습니다.

제주는 신화가 무궁무진하게 살아 숨 쉬는 곳입니다. 제주는 인정 많고 마음씨 고운 사람들이 만든 공간입니다. 어쩌면 제주는 이 시대의 예술과 문학의 불씨가 보존된 사원인지도 모릅니다. 제주 사람들은 손바닥만 한 집이라도 자신의 안식처를 소중하게 여깁니다. 문전신과 부엌신, 화장실에도 신이 깃든 이야기가 남아있는 곳입니다. 제주는 돌, 바람, 바다가 단단한 몸과 영혼을 지녀 신화를 지키는 곳입니다. 신화는 제주의 곳곳에 남아 웅크린 사람들에게 속삭입니다.

"너는 소중해, 너는 위대해."

당신이 더듬거리며 말해주는 개인적인 이야기, 느리고 서툰 개인풍의 자장가는 신화로 재탄생됩니다. 시대는 바뀌지만 신화는 소설과 시로 진화하여 당신이라는, 불멸의 이름을 갖습니다. 시간이 공간과 교집합을 이룬 바로 지금 이 순간 이곳에 찾아오신 당신, 우연이 아닌 당신의 발밑에서 당신은 가볍고 느린 이야기를 시작하고 있습니다.

내가 아는,
내게 힘이 되어준
사람

신기한 일입니다. 따뜻한 남쪽이라 해도 겨울엔 하얀 눈이 제법 내리는데 올 겨울엔 눈을 볼 수 없습니다. 벌써 입춘이 지났고, 능수매화의 꽃잎이 떨어지고 있습니다. 청매와 백매 두 그루를 마당에 심어놓고 눈이 오는 겨울을 즐기던 흥취가 저의 겨울나기였는데 말이지요. 지음을 기다리며 거문고를 뜯지는 못해도 노랫가락을 흥얼거리는데, 눈이 쌓인 마당에 매화가 만개하기를 기다려온 노래가 시들해집니다. 작지만 고급스런 사치를 누리던 저는 울상이 되고 말았습니다.

유채꽃도 천지간을 노랗게 물들이고 있습니다. 섬 가운데

우뚝 솟은 한라산만 설산입니다. 백록이 뛰노는지 신선이 내려와 계신지 알 수 없는 한라산을 쳐다보며 중산간을 지나쳐 봅니다. 눈이 오면 이곳 해녀들은 첫 해삼을 땁니다. 바닷속의 홍삼인 홍해삼은 눈을 기다리다가 지쳤는지 해녀 할머니의 망사리에 잡혀왔습니다. 부드러운 홍해삼과 벵에돔을 썰어 낮술과 먹어봅니다.

한라산의 설경과 떨어지는 매화의 하얀 꽃잎들.

뭍에 사는 지음이 곁에 없는 술은 도통 맛이 나지 않습니다. 손뼉도 마주 쳐야 소리가 나듯, 좋은 음식과 풍경을 함께 볼 친구가 있어야 흥이 납니다. 당신은 지금 바다 건너 뭍에 계십니다. 한달음에 내처 와주길 바라지만, 그냥 마음속에만 접어둡니다. 당신 또한 좋은 음식, 감미로운 음악이 들리는 곳에서 눈가가 자주 붉어지실 테니까요. 우린 그렇게 사소한 행복을 나누며 서로에게 힘이 되어주는 사람이니까요.

내가 아는 당신이란 사람은,
그리고 당신에게 저란 사람은요.

그래,
다시 한번
해보자

내 조그만 자동차의 이름은 하나비, '불꽃놀이'라는 뜻을 가졌습니다. 전에 타던 빨간색 마티즈의 이름은 적토마였습니다. 적토마는 빨간 말답게 열심히 달렸습니다. 눈에 띄게 싸돌아다니던 적토마는 남들보다 일찍 생을 달리했습니다. 사고 없이 고요히 숨을 거두었으니 호상이긴 했지만, 10년 동안만 살아있었으므로 요절에 가깝습니다.

이번에 생긴 스파크는 회색이라 눈에 띄지 않습니다. 조용히 나와 바람을 쐬는 정도로만 달리는 걸 좋아합니다. 가끔 친구를 태우고 목적지까지 이동하는 정도만 하나비를 부를 뿐, 나는 혼자 달리는 걸 좋아합니다.

하나비는 남다른 자동차랄까. 성당에 있는 고해성사를 보는 의자 혹은 점집의 공간과 비슷합니다. 사람들은 내 옆자리에 앉게 되면 속말을 털어놓습니다. 속말이란 나를 의식하지 않는 자신의 속엣말이란 의미입니다. 주절주절 한탄과 후회 그리고 미래에 대한 불안과 자신이 처한 상황을 말합니다. 말을 한다기보다 독백에 가깝습니다.

어느 날부터, 나는 알게 되었습니다. 내게 해결해주길 바라는 도움 요청이 아니라는 것을, 그저 듣는 귀가 필요할 뿐이라는 것을. 벽을 보며 얘기하는 것보다는 리액션이 느껴진 사람의 곁이 필요하다는 것을.

하지만 비밀 보장이 안 되면 이내 후회하게 되는 게 솔직한 심경 고백입니다. 그래서 그들의 읊조림은 영화 〈중경삼림〉에 나오는 양조위의 대사처럼 시에 가까운 혼잣말일지도 모릅니다. 하나비를 방문한 그들을 사랑한다면 비밀을 지켜줘야 합니다. 나와의 이별이 어쩔 수 없이 찾아왔다고 해도 사랑했던 사람들의 사소하지만 소중한 이야기들은 비밀의 정원에 묻어버려야 합니다. 하나비는 비밀의 정원 같기도 하고, 비밀이 많은 불꽃놀이 같기도 합니다.

아이를 학교 앞까지 태워다 줄 때 나누는 속말을 사랑합니다. 나의 옆자리에 탄 아이가 건강하다는 신호니까요. 주절주절 아이가 이야기하고, 주절주절 친구가 이야기하고 라디오가 이야기를 합니다. 오래전 그날, 당신의 속엣말은 생각할 게 많아집니다. 오늘은 어쩐지 뭉클한 당신을 생각하며 하나비에서 내립니다. 일찍 어두워진 동네는 깜깜한데 마침, 불꽃놀이 중인 첫, 눈송이가 말을 걸어옵니다.

"부디, 속앓이는 하지 마시길 바랍니다."

지나간 것은 지나간 것입니다. 비끄러매지 말고 놓아주십시오. 뜻밖의 기회가 오기도 할 것입니다.

사람들은 내 옆자리에 앉게 되면 속말을 털어놓습니다.
속말이란 나를 의식하지 않는 자신의 속옛말이란 의미입니다.

제주의
겨울밤거리
걷기

아이가 하루 종일 책상에서 공부를 하느라 체력이 약해졌다고 혼잣말을 했습니다. 그래서 잠자기 전에 제주시내 거리를 걷는 게 좋겠다고 나는 아이에게 제안을 했지요. 혼자서 매일 걷는 것은 웬만한 의지력이 아니면 쉽지 않습니다. 그래서 '거닐다'를 위해 아이가 있는 곳까지 걸어갔습니다. 함께 되돌아오기 위해서 말입니다. 혼자 이어폰을 귀에 꽂고 아이가 늦도록 공부를 하는 장소로 끝나는 시간에 맞춰 먼저 밤거리를 걷습니다. 제주시내의 겨울밤거리를 거니는 것은 즐겁습니다. 거리 구경을 하는 겨울이지만, 제주엔 눈이 오는 날이 거의 없습니다. 바람만이 끝이 날카로워서 칼바람이지만, 폭풍우의 섬에서 나고 자란 나에게는 바람이 없는 날이 오히려 낯섭니다. 바다 위를 밝히는 촘촘한 배들은 수평선이 반도의 끝자락인 듯 착각을 불러일으킵니다. 포구를 떠나 먼바다를 항해하며 잡아 올린 삼치며 방어들이 가득하길 빌어봅니다. 이호에 사는 나의 집 꼭대기 층에선 바다의 수평선이 보입니다. 도두봉도 보이고, 낮게 나는 비행기들도 보이는 하늘을 가졌습니다. 바닷가를 감상하는 대신 한라산이 보이는 남쪽을 바라보면 드림타워가 불을 밝힙니다.

도시의 상징처럼 말이죠. 제주의 이호에서 노형 그리고 연동까지 빠른 걸음으로는 40분입니다. 하지만 느리게 거닐며 아이를 찾아갑니다. 함께 들어가고 싶은 장식이 아름다운 카페도 눈에 들어옵니다. 옷 가게 앞에서 한참이나 마네킹을 바라보기도 했습니다. 크리스마스가 지났지만 떼지 않고 달아둔 꼬마전구들이 곧 새해라서 그런지 유행을 타지 않습니다. 아이스크림 가게도 보입니다. 겨울에 먹는 아이스크림을 좋아하는 아이가 떠오릅니다. 아이스크림이란 예쁜 낱말을 아이의 애칭으로 쓰면 좋겠다는 생각이 들기도 했습니다. 아스파라거스라는 애칭을 화가 이중섭이 아내에게 붙여주었던 것처럼 말이죠. 오늘은 보름달이 떴습니다. 별들도 또렷합니다. 시린 하늘 위에 검고 하얀 달과 비행선일지 모르는 별들이 제주 야경들을 비춥니다.

예전엔 절대적이었을 어둠 속의 불빛, 작고 소중한 하늘의 빛들이 지상의 화려한 빛들 속에서 초라하게 밝습니다. 어떠한 빛도 소중한 시린 겨울입니다. 그러니 수대를 거쳐 지상을 비춘 하늘의 빛들을 어찌 초라하다고 얕잡아보겠습니까. 찬미와 경배를 하고도 모자란 성스러움의 빛. 하늘의 빛은 작고 희미하여도 오래도록 지상을 밝혔습니다. 등 굽은 어머니들이 그러하듯이요.

아이가 자라서 나의 키와 몸무게와 지식을 훌쩍 넘어선 지금도 아이는 엄마를 찾습니다. 기쁘거나, 불안할 때나 자연스럽게 엄마를 부르며 자신의 상황을 말해주는 아이가 고맙습니다. 나와 닮은 아이가 세상에 나와서, 나의 리듬과 파동을 닮은 모든 것들을 세상에 뿌릴 것인데 어찌, 사악한 것을 아이에게 보여줄 수 있겠습니까. 작은 불빛을 경배하고 찬미하는 마음까지 변치 않기를 바랄 뿐입니다. 하늘 위에서 굽어보는 달빛처럼 지상의 모든 어머니의 마음은 이와 같을 것입니다.

가끔 당신과 함께 보았던 성산일출봉 위의 보름달을 보기 위해 밤길을 혼자서 차를 몰고 가기도 합니다. 달빛 아래에서 춤을 추면 좋겠다는 생각이 들었던 그날, 〈월량대표아적심〉을 들었던 것 같습니다. 내 마음을 달빛이 대신 말해주지는 않을까 하는 낭만이 깃들던 그날의 그 마음이 다시 생겼으면 하고 바랄 때는 다소 생활에 지쳐 있을 때라 여겨집니다. 생활인이 되려면 음악도 잠시 꺼두고 다녀야 합니다. 긴장하고 몰입해야 흐트러지지 않게 생활에 충실할 수 있으니까요. 시인도 생활인입니다. 겨울을 사는 시인은 무척 괴롭습니다. 궁핍하고 서러운 감정에 못 이겨 술을 청할 때가 많아집니다. 생활이 흐트러져서는 안 되는데, 감수성은 높은 벽을 둘러싼 사회생활을 못 이겨 자꾸 나의 밤이 흔들립니다. 그럴 때면 차를 몰고 성산일출봉이 보이는 성산까지 달립니다. 까맣고 까만 길을 따라 오직 달을 향한 길만 가려는 듯 달리고는 성산일출봉의 그릇 모양에 담긴 보름달을 바라보곤 했습니다. 달빛의 기운을 받고 곧 해가 떠오를 동녘, 성산일출봉 앞에서 마음을 잡습니다. 다시, 살아보려고 나를 일으켜 세웁니다. 호흡이 고르고 다시 제자리로 마음이 돌아옵니다. 시동을 켜고 왔던 길을 되돌아갑니다.

꼬마전구들과 가로등 불빛만 남은 제주의 야경들 속으로 되돌아오곤 합니다. 당신이 나를 데리고 성산일출봉에 갔던 날, 아마 당신도 몹시 지쳤을 거라고 생각합니다. 그리고 바라본 보름달. 그것이 당신을 다시 일으켜 세웠다는 것도 압니다. 그러니 나는 당신을 흉내내고 있는 것입니다. 이 세상의 가장 낮고 초라한 지붕의 아래에서 살아가더라도 아이와 함께 바라볼 보름달과 별들이 도글도글한 지상의 거리에는 현재의 내 자신이 있으니까요.

아이가 공부를 마치고, 차가운 거리로 나오고 있군요. 호주 머니에서 따뜻하게 예열한 손을 내밀고 아이의 손을 잡습니다. 오늘 참 잘했단다. 이제, 걸어가 볼까? 겨울의 거리 구경은 환하고 따뜻한 마음과 손들이 연결된 듯 달빛과 호흡이 맞습니다. 오늘이 지나면 곧, 다시 처음부터 시작하는 새해입니다. 복된 새해가 당신에게도 깃들기를 기원합니다.

당신을 기다리지 않고 내가 바다를 건너가겠습니다. 비바람이 치던 바다 잔잔해져 오면 시를 가득 실은 무쇠석함을 타고 당신께 가겠습니다.

시의 외계에서 떠도는 당신의 이름을 부르며 건너가겠습니다.

비바람이 치던 바다 잔잔해져 오면

2020년 12월 20일 초판 1쇄 발행

지은이   김병심
펴낸이   김영훈
편집   김지희
디자인   이지은, 사이시옷, 부건영
펴낸곳   한그루
           제주특별자치도 제주시 복지로1길 21
           전화 064-723-7580   전송 064-753-7580
           전자우편 onetreebook@daum.net 누리방 onetreebook.com

ISBN 979-11-90482-43-1 (03810)

이 책은 제주특별자치도, 제주문화예술재단의 2020년도 문화예술지원사업의 후원을 받아 발간되었습니다.

잘못된 책은 구입하신 곳에서 교환해 드립니다.

값 15,000원